KIES VAN BEEK - TOD AN DER GRACHT

AF187316

Ungekürzte Taschenbuchausgabe

3. Überarbeitete Auflage Januar 2023

©Thomas Ebeling

Bibliografische Information der

Deutschen Nationalbibliothek:

Die Deutsche Nationalbibliothek verzeichnet

diese Publikation in der Deutschen

Nationalbibliografie;

detaillierte bibliografische Daten sind

im Internet über: dnb.dnb.de abrufbar.

Coverfoto, Satz und Gestaltung vom Autor selbst

Covergestaltung: Orthen Design, Würzburg

Herstellung und Verlag: BoD – Books on Demand,

Norderstedt

ISBN: 9783751921183

ZU DIESEM BUCH:

Ein Mann, der alles verloren hat, sein Ziel, seinen Weg, seinen Lebensmittelpunkt. Seine Arbeit bleibt ihm, er macht sie auf seine Weise. Am Liebsten alleine, verbissen, getrieben. In einer Stadt, die mit tausend Klischees beladen ist, so schön, so kitschig, so romantisch, mit düsteren Abgründen hinter pittoresker Fassade. Einzige Lichtblicke: Sein Verein, seine Kneipe. Eine letzte Chance, das Ruder herumzureißen...

KIES VAN BEEK

KRIPO AMSTERDAM

Tod an der Gracht

Kriminalroman

Thomas Ebeling

1

»Kies van Beek, 43, verwitwet, arbeitet seit 15 Jahren bei der Amsterdamer Polizei. Seine Methoden sind zuweilen, nun sagen wir, zumindest ungewöhnlich. Seine Kollegen beschreiben ihn als eigenwillig, einzelgängerisch und narzisstisch. Ein Teamplayer sieht anders aus, und Ermittlungsarbeit ist Teamwork. Ich hielt einmal große Stücke auf ihn, aber seit einiger Zeit lässt er sich sehr gehen. Muss wohl mit seinen privaten Problemen zusammenhängen.« Der Leiter der Mordkommission des Polizeibezirks Amsterdam Central, Hoofdcommissaris Jan Perkis, warf die Personalakte auf seinen Schreibtisch. Er war ein sehr gepflegter Mann Anfang Fünfzig, der stets gut gekleidet im Anzug mit Krawatte und Einstecktuch zur Arbeit erschien und auch seine Uniform, die er bei offiziellen Anlässen tragen musste, war maßgeschneidert. Er hatte bei seinen Untergebenen den Ruf eines absoluten Spießers und Pedanten. Persönliche Belange oder Befindlichkeiten seiner Kollegen interessierten ihn nicht. Allerdings hatte er eine gewisse Aura, die sofort Autorität ausstrahle.

»Warum wollen Sie unbedingt Van Beek?«

Generalstaatsanwalt De Groot lächelte.

»Haben Sie die Schlagzeilen gelesen? -Krieg in Amsterdams Unterwelt - Morde wie im Gangsterfilm - Wilder Kugelhagel - Drogenbanden rechnen ab, und so weiter und so fort. Ich brauche einen Mann, der das Milieu kennt, einen, der dahin geht wo es weh tut, einen, der nicht einknickt. Wie war das mit Ihrem Einser - Absolventen? Der sprach einmal mit einem verdächtigen Zuhälter und hat sich dann 2 Wochen krank gemeldet, letzte Woche bat er dann um Versetzung nach Den Haag. Kies van Beek ist der richtige Mann mit den richtigen Kontakten und der richtigen Erfahrung. Ich brauche Ergebnisse, wir stehen gewaltig unter Druck. Ich habe mich bereits mit dem ersten Hoofdcommissaris abgesprochen. Holen Sie ihn her!«

»Schwierig«, antwortete Perkis, »er arbeitet zur Zeit am Fall eines entführten und vermutlich ermordeten Wohnwagenbesitzers. Van Beek ist unterwegs, ich weiß gar nicht, wo er gerade ist.«

»Dann rufen Sie ihn an, verdammt nochmal! Dieser Fall ist doch was für Anfänger. Ein Wohnwagen wird gestohlen, und die Diebe merken nicht, dass der Besitzer seinen Rausch darin ausschläft. Das erledigt sich in ein, zwei Tagen von selbst und wenn nicht, kann das auch ein kleiner Inspektor übernehmen! Ich will Kies van Beek und dazu eine schlagkräftige Ermittlungstruppe. Ich will innerhalb von 72 Stunden Ergebnisse sehen!«

2

»Verboden toegang voor onbevoegden!«,

stand auf dem Schild. Das hatte Kies van Beek nicht von einem Besuch am frühen Morgen um 4 Uhr abgehalten.

Jetzt war es 9 und ihm knurrte der Magen... Kies stand sehr günstig, er konnte gut in den Innenhof der Autoteilefirma blicken, ohne selbst zu sehr aufzufallen. Um das Gelände war ein Blechzaun gezogen, doch das Tor stand zu Straße hin offen.

Hier im Gewerbegebiet am Amsterdamer Westpoort gab es viele kleine Firmen, und nicht wenige davon sahen etwas heruntergekommen aus.

»Da passe ich ganz gut her«, musste Kies sich grinsend eingestehen. Er sah auch nicht gerade taufrisch aus, da er seit drei Tagen nicht mehr zu Hause gewesen war. Warum auch? Seit sein Kater Jack das Zeitliche gesegnet hatte, wartete niemand mehr auf ihn. Seine Freizeit verbrachte er mittlerweile lieber am Tresen als auf dem Sofa. Wozu auch einen eigenen Kühlschrank füllen, wenn der in der Kneipe immer mit so herrlichen Getränken wartete? Am Liebsten saß er in seiner Stammkneipe, dem Café Oranje in der Bilderdijkstraat. Vor allem heute Abend wäre er gerne da gewesen, denn heute war das Champions-League Spiel gegen Tottenham.

»Tja,« entfuhr es ihm, »erst die Arbeit.., Moment, da ist doch unser Freund!«

Aus der Halle der Schrottfirma kam ein großer, hagerer junger Mann mit rotblonden Haaren gelaufen. Er hatte es ziemlich eilig und überquerte hastig den Hof. Sein Ziel war scheinbar der silbergraue BMW auf der anderen Hofseite, denn das schien das einzig fahrbereite Auto auf dem ganzen Schrottplatz zu sein. Kies sprang aus seiner Deckung und lief in einem Bogen über die Straße zum Tor, in der Hand hatte er eine Eisenstange die er zuvor in einem Graben gefunden hatte. Am Tor angelangt, stellte er sich hinter den Pfosten und lauschte in den Hof. Eine Autotüre schlug zu.

»Vielleicht wird's ja doch noch was mit dem Spiel«, dachte sich Kies. Dann hörte man, wie versucht wurde, den BMW zu starten, aber außer dem Anlasser ging da gar nichts. Jemand riss die Türe auf und schlug sie mit einem lauten »Verdammich!« wieder zu. Dann kamen eilige Schritte auf das Tor zu. In dem Moment, als der große Rothaarige das Tor passieren wollte, schwang Kies die Eisenstange in Oberschenkelhöhe gegen die Beine des Mannes. Mit einem klatschenden Geräusch knallte die Stange gegen seine Oberschenkel, der junge Mann brüllte laut auf und brach sofort zusammen.

Kies rollte den Verletzten auf den Rücken und fesselte ihn fluchs mit seinen Handschellen.

»Halt bloß die Fresse, sonst brech' ich Dir alle Knochen! Du bist verhaftet!«, brüllte er ihn an, bevor er ihm seinen Ajax-Schal als Knebel um den Mund wickelte. Vom Gebrüll angelockt kamen nun mehrere Männer aus der Halle gelaufen, aber Kies hatte seinen Gefangenen außen neben das Tor gerollt, so dass dessen Kollegen nicht erkennen konnten, woher die Schreie gekommen waren.

»Matz!« rief einer, »Was ist los, wo bist Du?«

Matz rollte vor Wut und Schmerzen schäumend die Augen und versuchte sich zu befreien, bekam dafür jedoch nur einen Tritt von Kies. Die Männer kamen nun langsam zum Tor, ihren Stimmen nach waren es vier. Kies zog seine Dienstwaffe.

»Scheiße«, dachte Kies, »laut meinem Informanten

sollten es höchstens zwei sein.«

Doch dann wurden die Stimmen leiser und schienen sich wieder in Richtung Halle zu bewegen. Da klingelte Kies' Mobiltelefon...

3

»Kies! Telefon!« Mit der Telefonhörergeste winkten einige der Kollegen bei seinem Erscheinen Kies zu.

»Der Klassiker, lässt Du Dein Handy auch im Kino an? Da lacht doch die gesamte Nationale Politie!«

»Na, Kies, einen geklauten Wohnwagen gefunden aber vier schwer verletzte Kleinhehler und ein Versicherungsbetrüger im Krankenhaus. Das gibt eine super Presse!«

»Das Spiel kannst Du vergessen, dafür einen schönen Bericht verfassen und Dir einen Anschiss vom Chef abholen, die Reihenfolge ist aber noch zu klären.«

Kies war klar gewesen, dass die Kollegen mit Spott nicht sparen würden, aber jeder wusste doch über seine Arbeitsweise Bescheid und außerdem hatte keiner der Kollegen gewusst, dass Kies diesen Sonntag überhaupt ermittelte. Er hätte auch nicht gedacht, dass so viele heute, einen Tag nach dem Königstag, Dienst hatten. Schließlich war der Königstag auch einer der Tage, an denen die Amsterdamer Polizei Hochkonjunktur hatte, wenn auch sehr selten etwas Gravierendes geschah. Die meisten Kollegen jedoch waren gerade am Schreibtisch, um ihren Arbeitstag abzuschließen.

»Kies! Zum Chef!«, rief Matthijs Breuer durch die offene Bürotüre, »Alter, und zwar flott!«

»Hm«, brummte Kies. Er sah auf seine Uhr. Verdammt, nur noch 2 Stunden bis zum Anpfiff...

Im Büro des Leiters des Amsterdamer Polizeibezirks saß nicht nur sein Chef, Hoofdcommissaris Jan Perkis, sondern auch der Generalstaatsanwalt Jaap de Groot.

»Ich muss mich bei Ihnen entschuldigen, Kies«, fing Perkis jovial das Gespräch an, »mein Anruf hat Sie ja ziemlich in die Bredouille gebracht. Das war natürlich nicht meine Absicht. Aber Sie haben die schwierige Aufgabe ja mit Bravour gelöst und den Fall gleich mit. Ein Versicherungsbetrüger, der seinen Komplizen und Hehlern nicht vertraut und sich mit einem gestohlenen Auto bezahlen lässt. Wie gut, dass der Wagen des Mannes im rechten Moment nicht angesprungen ist.«

»Und wie gut, dass man mit einem Schweizer Taschenmesser Benzinleitungen sehr leicht durchschneiden kann«, dachte Kies bei sich. Er hatte den Wagen zuvor manipuliert, dies aber in seinem Bericht nicht erwähnt.

»Jedenfalls sind wir sehr froh, dass Sie, als einer unserer besten Polizisten, diese brenzlige Situation gut lösen konnten.«

»Aha, und was kommt jetzt?«, fragte sich Kies.

»Hm..«, entfuhr es ihm nur.

»Ich habe gerade mit dem Generalstaatsanwalt gesprochen, wir gedenken, Sie für einen offizielle Belobigung vorzuschlagen. Außerdem..., wie man hört sind sie ein großer Ajax-Fan und ich bin der Meinung, dass Sie für heute wirklich genug geleistet haben, den Papierkram soll mal einer der Praktikanten erledigen. Schusswaffengebrauch hin oder her. Nehmen Sie sich doch auch morgen frei. Schließlich ist heute Sonntag und sie haben die letzten Tage hart gearbeitet.«

Kies traute seinen Ohren nicht. »Sind die bekifft? Da ist doch was faul!«, dachte er bei sich.

»Vielen Dank, äh, dass ist ja, äh...«, stammelte er einigermaßen überrascht.

Nun ergriff der Generalstaatsanwalt das Wort:

»Und da wäre noch was. In Anbetracht Ihrer Leistungen und Ihrer besonderen Fähigkeiten berufe ich sie hiermit zur Sonderkommission »Gracht«. Alles Weitere erfahren Sie übermorgen. Bitte kommen Sie am Donnerstag um 9:0Uhr direkt zu Hoofdcommissaris Perkis ins Büro.«

Kies nickte und wollte gehen.

»Ach, und Kies.« gab ihm de Groot noch mit auf den Weg während Van Beek kurz inne hielt, »Duschen Sie sich!«

Kies ging hinaus, schloss die Türe und roch in die Innenseite seines alten Militärparkas. Aber klar, das Polyestertrikot darunter stank furchtbar. »Naja, für die Kneipe geht's«, murmelte er und machte sich auf den Weg.

4

Das Café Oranje war gesteckt voll. Kies drückte sich trotzdem hinein und orderte mit einem kurzen Winken ein Bier. Hinter der Theke quittierte Neeltje seine Bestellung mit einem Lächeln und nickte. Als seine Freunde ihn sahen, johlten sie auf und begannen, seinen Namen zur Melodie von »Stars and Stripes forever« zu skandieren.

»Kies van Beek, Kies van Beek, Kies van Beeeeek!«

»Alter, wo ist denn Dein Schal? Das ist das erste Mal, dass Du ohne Schal zu einem Spiel gehst«, brüllte sein Freund Gijs ihm ins Ohr.

»Weißt Du, den hab ich heute für einen Notfall im Geschäft gebraucht«, wich Kies aus, wohl wissend, dass man niemals seinen Schal für etwas anderes missbraucht, als damit die Liebe zu seinem Verein zu zeigen. Es war unter den Freunden aber auch ein ungeschriebenes Gesetz, Kies nie nach seiner Arbeit bei der Politie zu fragen.

»Na, hoffentlich nicht für ein Notfall-Geschäft!«

Wieder johlen alle und sein alter Freund Kerk hängte ihm seinen Schal um den Hals.

»Hier alter Freund, du bist auch ein Notfall und fast nackt!«

0:1 für Ajax! Die Kneipe stand Kopf.

Das wurde eine lange Nacht für Kies, Kerk und Gijs.

Kies wachte gegen 15 Uhr am nächsten Tag auf dem Sofa von Gijs' Hausboot auf. Gijs saß auf seinem Lieblingssessel und baute sich einen großen Joint.

»Kann sein, dass ich in der nächsten Zeit was von Dir brauche, Gijs. Da ist ne' große Sache am laufen bei uns.«

»Für Dich immer, für die Bullen nimmer!«, grinste Gijs und zündete sich die Tüte an.

»Damit meine ich, dass ich eventuell eine neue Bleibe auf Zeit brauche, du hast bestimmt die Zeitungen gelesen.«

Gijs konnte natürlich eins und eins zusammenzählen und wusste sofort, dass es bei Kies' Anfrage um den Krieg der Drogenbanden ging.

»Meinst Du nicht, das ist 'ne Nummer zu groß?«

»Natürlich, mindestens zwei Nummern. Aber hab ich denn eine Wahl? Ich hatte eigentlich gedacht, die werfen mich nach der Verhaftung gestern direkt raus, natürlich habe ich wiedermal ein paar Dienstvorschriften missachtet und wenn die Jungs vom Schrottplatz gute Anwälte haben, kommt sofort raus, dass ich mich bei der Verhaftung weder als Polizist zu erkennen gegeben habe, noch irgendwen über irgendwelche Rechte aufklärte. Ich hab die fünf nach Wildwestmanier aus dem Verkehr gezogen und das bricht Dir heutzutage bei der Polizei lekker das Genick.«

Kies machte eine kurze Pause.

»Außerdem…, Du weißt ganz genau dass mir der ganze Polizeikram mittlerweile auf den Zeiger geht. Vielleicht wäre es echt besser, wenn sie mich rausschmeißen.«

Gijs war irritiert:

»Wieso das denn? Warum nimmst Du dann so einen scheiß Auftrag überhaupt an? Willst Du den Märtyrer spielen, oder was? Oder hast Du seit der Sache mit Lies und Marvin den Verstand verloren?«

Kies fuhr Gijs scharf an: »Halts Maul, Gijs! Halt einfach Dein blödes Maul!«

Gijs war zu weit gegangen. Seit dem Tod von Kies' Frau und Ihrem gemeinsamen Kind befand sich Kies in einer seltsamen Abwärtsspirale. Vor drei Jahren waren beide mit dem Lastenfiets verunglückt, Marvin war gerade erst 4 Jahre alt geworden. Ein LKW hatte beide beim Rechtsabbiegen übersehen und überrollt. Kies hatte wegen Befangenheit nicht selbst ermitteln dürfen und der LKW-Fahrer wurde kurz darauf in seiner Wohnung in Bos en Lommer tot aufgefunden. Selbstmord. Seitdem ließ Kies sich gehen, ihm fehlte die Richtung. Klar, seine Freunde waren immer für ihn da und seine Arbeit war ebenfalls wichtig, um weiterzuleben. Aber es kam ihm oft vor wie ein hohles Funktionieren. Arbeiten, Saufen, Fußball. Alles Andere war ihm egal geworden. Die Anzahlung für das Häuschen war weg, das Häuschen sowieso, er hatte es wieder dem Immobilienhändler zurückgegeben. Die kleine Wohnung mit zwei Zimmern hatten ihm seine Freunde vermittelt. Die Miete war für Amsterdamer Verhältnisse bezahlbar und man konnte von dort aus schnell überall in der Stadt sein. Eingerichtet war sie wie eine Gefängniszelle. Ein Bett, ein Stuhl, ein Tisch, ein Regal. Klamotten noch immer in den Umzugskartons. Kies war nur zum Schlafen dort. Nur ein Bild hatte er aufgehängt. Es war eine Aufnahme aus einem anderen Leben. Es zeigte eine lachende Kleinfamilie: Lis, Marvin und Kies van Beek.

»Sorry, alter Freund. Es tut mir leid, das war unpassend, aber so geht's nicht weiter.« Gijs zog kräftig an seiner Tüte und hielt die Luft an. Beim Ausatmen musste er so stark husteten, dass er hinterher nur ein gekrächztes »Godverdomme!« herausbrachte.

»Ja, Verdomme«, murmelte Kies, »ich muss was ändern.«

5

Zum erstem Mal seit fast einer Woche hatte Kies richtig lange geschlafen und sich ausgiebig geduscht und rasiert. Sogar die Wäsche hatte er gemacht und das Bett frisch überzogen.

»Wenn alle Stricke reißen und die mich feuern, kann ich doch noch gut als Hausmann gehen. Prinz Pantoffel«, sagte er sich grinsend.

Er betrachtete sich im Spiegel im Flur. Ein Mittvierziger mit einigermaßen sportlicher Figur, dunklem vollen Haar mit leicht ergrauten Schläfen, mittelgroß und, wenn gut gekleidet, sogar seriös wirkender Mann blickte ihn daraus an. Ein leicht melancholischer Blick, ein Grübchen am Kinn, eigentlich ein Frauentyp, dachte er sich. Genau das, was Lis im ersten Moment an ihm gefallen hatte... Er verwarf die Gedanken und schlug die Wohnungstüre im dritten Stock der Zocherstraat zu. Auf dem Tisch unter dem Bild seiner Familie stand ein Bierglas mit einem Tulpenstrauß.

Vor dem Haus hatte Kies sein Fiets etwas abenteuerlich auf dem Radweg abgestellt.

»Ach, Ihr Fahrrad ist das!«, rief eine Frau Anfang dreißig, die gerade vorbeifahren wollte und kurz gestoppt hatte. Kies sah auf und blickte ihr in die Augen: »Hm? Wie meinen Sie?«

»Na, das Rad, das sie gerade aufsperren. Ich musste gestern auf die Straße ausweichen, weil es so blöd abgestellt ist. Sie wissen schon, dass es nicht ungefährlich ist, wenn man schnell auf die Straße ausweichen muss!« Ihre Augen funkelten angriffslustig.

»Das tut mir leid, es war keine Absicht. Ich hab nicht aufgepasst. Aber danke für die Belehrung, ich werd versuchen mich zu bessern«, grinste Kies verlegen.

„Da werd ich aufpassen! Ich komme hier jeden Tag vorbei und hab keinen Bock, mein Leben wegen eines schlampig abgestellten Fiets zu riskieren. Wahrscheinlich haben Sie keine Ahnung, wie schnell man als Radfahrer unter die Räder kommen kann!« Kies sah sie traurig an:

»Doch leider schon. Es tut mir ehrlich leid. Wissen Sie was? Ich lade Sie als Wiedergutmachung auf einen Kaffee ein. Das ist das Mindeste.«

Die junge Frau lächelte:

»Kaffee ist gut. Aber heut' grad' nicht. Am Samstag

um 10Uhr im Café Kiebert?«

»Ich werde da sein!« Kies lächelte: »Ich heiße übrigens Kies.«

»Hannah«, sagte die junge Frau und reichte ihm die Hand.

»Also gut, dann bis Samstag.« Sie stieg auf und fuhr mit Schwung in Richtung Innenstadt.

»Was war das jetzt?«, fragte sich Kies. »Ich bin doch kein Student mehr, der so einfach Mädels zum Kaffee einlädt. Das letzte Mal, dass mir so was passiert ist, ist sehr lange her...« Eine Fahrradklingel riss ihn aus seinen Gedanken, er war mitten im Weg mit seinem Rad und dem Schloss in der Hand stehengeblieben.

»He, aus dem Weg!«, rief der Radfahrer. Kies sprang zurück und musste lachen.

»Hannah.«, sagte er, »schön, Dich getroffen zu haben.« Gut gelaunt schwang er sich dann auch auf sein Rad und fuhr dann über Overtoom in Richtung Innenstadt zur Elandsgracht. Normalerweise schaffte er die Strecke in weniger als neun Minuten. Er hatte also noch gut Zeit, um sich in einem Stehcafé ein kleines Frühstück zu gönnen.

Entspannt und gut gelaunt kam er rund 30 Minuten später im Headquaters an. Im Büro des Hoofdcommissaris wurde er schon erwartet.

»Kies,« empfing ihn Perkis mit einem Lächeln: »Sie sind sehr pünktlich. Dann setzen Sie sich doch, möchten Sie Kaffee?«

Die geradezu schleimige Art von Perkis gefiel Kies gar nicht. Er lehnte dankend ab und Perkis begann sofort über das Spiel am vergangenen Sonntag zu referieren. Auch er war ein großer Fußballfan und verpasste kein Spiel von Ajax. Nach einem viertelstündigen Monolog über die Champions-League fing Perkis übergangslos an, über die neue Sonderkommission zu sprechen. Alle verfügbaren Ressourcen seien aufgefahren worden, um den Bandenkrieg im Drogenmilieu zu beenden. Man wolle sich nicht nachsagen lassen, dass man zusehe, wie sich die Gangs gegenseitig ausrotten, um sich dann hinterher mit dem Sieger zu arrangieren. Kies verfolgte gespannt den Ausführungen des Hoofdcommissaris, der immer mehr zu politischer Rhetorik griff.

»Schließlich hat die Nationale Politie einen Auftrag vom Bürger und dieser lautet Sicherheit!«

»Natürlich. Wie ist nun der Plan?«, wollte Kies endlich wissen, denn Konkretes kam bisher noch nicht von Perkis.

»Sie erhalten hier ein Dossier über ihre neuen Mitarbeiter, denen gegenüber Sie weisungsbefugt sind. Ich erwarte von Ihnen, dass sie daraus eine schlagkräftige Truppe formen. Leider bleibt keine Zeit, sich mit irgendwelchen pseudopsychologisch-pädagogischen, äh, Teambuildingmassnahmespielchen zu beschäftigen. Dafür sind alle sehr erfahrene und professionelle Ermittler, die schon einige Erfolge vorzuweisen haben. Und Sie werden deren neuer Leitwolf. Bringen Sie mir Ergebnisse, und Sie werden endlich in die höhere Liga aufsteigen. Staatsanwalt De Groot hält große Stücke auf Sie, sieht großes Potenzial bei Ihnen und möchte Sie gerne fördern. Andererseits, ich hab Sie im Auge, Kies! Bauen sie keinen Scheiß. Ich gebe Ihnen gute Leute zur Seite, alles keine Anfänger. Versauen Sie es nicht! Ich werde nicht den Kopf für Sie hinhalten. Die Verhaftung am Sonntag war ein echter Scheiß. Normalerweise bedeutet so was das Ende der Karriere. Dass das klar ist! Jeder kann verstehen, dass Sie eine schwierige Zeit hatten. Aber nun muss mal ein Neuanfang her, Kies. Nutzen Sie die Chance: Ihre Letzte!«

Kies sah Perkis scharf an, nickte aber dann, denn er wusste, dass Perkis Recht hatte, auch wenn Kies ihn schon immer nicht leiden konnte.

6

Das Büro lag im Jordaan, dem ausgewiesen schönsten Viertel der Amsterdamer Altstadt. Grachten, Brücken, Häuser wie gemacht für das Hochglanzprospekt. Eigentlich war das Büro viel zu teuer und vor allem zu eng. Das Haus war nur etwas über fünf Meter breit und neben dem schmalen Gang war das Büro gerade einmal drei Meter breit, nach hinten aber relativ lang, etwa acht Meter. Die Büroangestellte arbeitete im Souterrain und musste, um zu ihrem Chef zu kommen, über die Straße nach oben gehen. Das Haus lag an einen touristischen Hotspot an der Keizersgracht und war dermaßen exponiert, dass es eigentlich schon nicht mehr schön war. Aber Erik Vermeulen hielt als Top-Makler eben etwas auf Understatement. Seine Kunden waren reich, sie ließen sich am Liebsten mit dem Boot zu seinem Büro bringen, Erik hatte diesen Service einmal als Werbegag angeboten, jetzt wollten alle so zu ihm kommen und am Besten die Objekte, die selbstverständlich an einer Gracht, oder zumindest an einem Kanal liegen mussten, danach per Boot aufsuchen. Keine Staus, keine Parkplatzsuche, keine langen Wege und Champagner auf dem Boot. Er selbst fuhr lieber mit dem Fiets...

Direkt gegenüber am Homomonument legte Erik jede Woche ein kleines Sträußchen ab. Er lebte seine Homosexualität offen aus, was in dieser toleranten Stadt so normal war wie Blumengießen. Allerdings meinte er seit geraumer Zeit eine gewisse Ablehnung in Blicken und Gesten verschiedener Leute zu erkennen. »Paranoid«, sagte sein Lebensgefährte Frank. Aber gerade dieses Gefühl, die Fähigkeit Eriks Menschen emotional abzuholen und eine Verbindung zu ihnen aufbauen zu können, war einer seiner Erfolgsgaranten und diese Empathiefähigkeit war im Grunde sein Geschäftsgeheimnis.

Gerade heute war einer jener Personen bei ihm im Büro, denen er eine Abneigung gegenüber Schwulen meinte ansehen zu können. Außerdem dachte Vermeulen sofort, als er diesen Mann sah, an einen Strohmann oder einen Auftragskäufer. Äußerlich zwar teuer und elegant gekleidet, der gerötete Hals zeigte aber, dass Hemdkragen nicht zu der Standardbekleidung dieses Herren gehörten. Auch die Hände waren nicht die eines gepflegten Schreibtischtäters oder Geschäftsmannes, eher die eines Hafenarbeiters. Sein Gesicht schien eine bewegte Lebensgeschichte zu erzählen, eine Narbe entstellte sein Kinn. So wie er roch, kam er direkt vom arabischen Barbershop, frisch frisiert und rasiert. Die Papiere des Mannes, der sich als Hans Feldmann vorgestellt hatte, waren nagelneu und das Foto aktuell. Auch redete Feldmann nicht wie jemand, der für sich selbst suchte, dafür war er emotional nicht bei der Sache. Er war einfach zu professionell und kühl. Er gab zwar an, ein Grachtenhaus für seine Frau und zwei kleinen Kinder zu suchen, aber er trug keinen Ehering und die Brieftasche, aus dem er den Ausweis gezogen hatte war, bis auf zwei Kreditkarten und Ausweis völlig leer.

»Sie drucken mir die beiden Exposés bitte gleich aus, ich hasse e-mails«, sagte er, nachdem er zwei Objekte ausgesucht hatte.

»Einen Besichtigungstermin werde ich Ihnen dann vorschlagen.«

»Ich hoffe, dass ich dann auch so kurzfristig Zeit für Sie habe,« entgegnete Erik, »Sie werden verstehen, dass mein Terminkalender sehr voll ist«.

»Glauben Sie mir, meiner auch! Schicken Sie mir eine SMS, Ich melde mich zeitnah.«

»Werden Sie mit Ihrer Gattin und den Kindern zu

der Besichtigung kommen? Wir würden Ihnen gerne einen extra Bootservice anbieten, bei Kindern äußerst beliebt. Selbstverständlich kostenlos und unverbindlich.«

»Das glaube ich kaum«, antwortete Feldmann nur kurz, »Auf Wiedersehen.«

Als der Kunde gegangen war, dachte der Makler stirnrunzelnd über den gerade absolvierten Termin nach.

»Na, ob das mal was wird«, fragte er sich. Erik schickte eine SMS an die von Feldmann angegebene Nummer und bat um Rückmeldung für die Terminabsprache.

»Schade um die Arbeit«, dachte sich Vermeulen noch, denn er verkaufte trotz allem Geschäftssinn lieber an sympathische Kunden. Schließlich macht man seinen Job nicht nur für Geld. Aber ein Geschäft muss laufen und man konnte sich die Kunden nicht nach dem Gesicht aussuchen. Feldmann hatte schließlich auch eine Liquiditätserklärung seiner Bank abgegeben und die war nicht ohne. So wie es aussah, konnte der Mann ein Luxusobjekt sozusagen aus der Portokasse zahlen. An Schrulligkeiten sehr reicher Leute durfte Vermeulen sich nicht stören. Und irgendwann in nicht allzu ferner Zukunft wollten sich Erik und Frank mit ihren drei Hunden auf dem Land zur Ruhe setzten. So viel fehlte ihnen dazu nicht mehr...

Schade, heute wäre ein schönes Wetter für einen Ausflug nach Den Haag zum Königstag gewesen, dachte sich Vermeulen, der ein ausgesprochener Fan des niederländischen Königshauses war. Besonders gefiel ihm die Natürlichkeit der Königin und dass sich die königliche niederländische Familie nicht so gnadenlos vermarkten ließ, wie die britischen Royals es taten. Geschmacklose Tassen und Kissen und sonstigen Krimskrams gab es von König Willem und Königin Maxima nicht. Allerdings gab es im Haushalt Vermeulen das königliche Porzellangeschirr mit W und M Emblem. Mit diesem konnten Erik und Frank leicht eine größere Gesellschaft in ihren geschmackvoll eingerichteten Räumen oberhalb des Büros an der Keizersgracht bewirten. So war es heute wegen dieses Termins nicht zu dem Ausflug nach Den Haag gekommen, und wenn es mit diesem Feldmann nicht klappen sollte, dann auch noch völlig für die Katz. Aber man würde sich auch selbstverständlich hier in Amsterdam zum Königstag prächtig amüsieren, überall war alles schon in orange und mit den blau-weiß-roten Nationalfarben geschmückt. Auch Erik und Frank würden später mit Freunden auf Jan Dekkers Boot in Orange durch die Grachten fahren. Noch einmal ging Erik die Unterlagen Feldmanns durch und suchte nach Anhaltspunkten, die ihm zeigten, womit Feldmann sein Geld verdiente. Da war einfach gar nichts. Und gerade das machte Erik Vermeulen stutzig. Bei der Nederlandsche Bank kannte er einige Leute. Sollte er da mal anrufen? Seine Neugier wuchs und er griff zu seinem Mobiltelefon.

7

Der Versammlungsraum im 2. Stock der Amsterdam Politie Headquaters war gesteckt voll. Etwa 30 Ermittlungsbeamte saßen bereits erwartungsvoll da.

»Meine Damen und Herren«, begann der leitende Hoofdcommissaris Perkis, »wir stehen vor einer sehr großen Herausforderung. Unsere Stadt ist zum Schauplatz eines Bandenkrieges der Drogenmafia geworden. Wir werden unsere Strategie ändern müssen und radikal, schnell, koordiniert und kompromisslos durchgreifen! Alle Informationen der Strafermittlungsdienstgruppen werden gebündelt, dann werden wir gezielt und zeitgleich bei allen bekannten Organisationen zuschlagen. Unsere Hauptaufgabe ist es, den Bandenkrieg zu beenden und die mafiösen Strukturen der Drogenbanden nachhaltig zu zerstören. Dazu werden wir Razzien durchführen und so viele Mitglieder der Banden wie möglich festsetzen. Die Staatsanwaltschaft hat diesbezüglich in diesem Quartal mehr Haftbefehle ausgestellt, als im gesamten letzten Jahr. Vorher werden Sie diese Zielpersonen beschatten und Informationen über deren Kontakte sammeln. Wir werden gezielt herausfinden, wie die Finanzströme der einzelnen Organisationen funktionieren. Wenn wir sozusagen den Geldfluss stören oder gar stoppen können, wird das die Drogenbanden empfindlich treffen.«

Perkis fuhr fort und erging sich in ähnlichen politischen Floskeln wie bei dem Vortrag an Van Beek. Ab hier war der Vortrag inhaltlich eigentlich vorbei, obwohl er noch eine halbe Stunde dauerte. Kies saß ganz hinten. In seinem Dossier standen sechs Namen von Beamten, die er alle nicht persönlich kannte. Ein Team, zusammengewürfelt von einem Innendienstler, der die Leute nur nach ihren Akten beurteilt hatte, dachte er. Es würde Monate dauern, hieraus eine gut funktionierende Gemeinschaft zu machen. Und wenn alle so kommunikativ und teambegeistert waren wie Kies...

»Nützt nichts«, dachte sich Kies, »nach der Besprechung treffe ich erst mal meine neue Truppe, und ich werd' mir nicht den Chef raushängen lassen.« Nacheinander gingen die einzelnen Mitglieder der Ermittlungsgruppen nach dem Ende der Besprechung hinaus, und so mancher Kollege nickte beim Hinausgehen Kies zu.

Am Ende saßen nur noch fünf Beamte da, drei Männer und zwei Frauen. Alle sahen Kies erwartungsvoll an.

»Ja, da wären wir nun. Ich gehe davon aus, dass mich die meisten von Euch kennen. Für alle anderen, ich bin Commissaris Kies van Beek und seit heute der Leiter dieser Ermittlungsgruppe. Wir treffen uns ab sofort jeden morgen um 9 Uhr im dritten Stock im Büro 310 zum Briefing. Ich schlage vor, dass wir auch jetzt gleich mal hochgehen und Aufgaben verteilen.« Alle nickten, und man begab sich nach oben.

»Ich hab von jedem ein Dossier erhalten, das ich aber noch gar nicht lesen konnte,« sagte Kies wenig später in die Runde, »ich gehe aber davon aus, dass jeder selbst weiß, wo seine Stärken und Fähigkeiten liegen. Wir haben als erste Aufgabe einen Haftbefehl gegen Mehmed Alawi zu vollstrecken, er gilt als gefährlich und gewaltbereit. Der Haftbefehl erging allerdings wegen häuslicher Gewalt, er soll seine Frau Jasmin und deren Schwester Gülay schwer misshandelt haben. Die Anzeige kam von der Schwester. Wir vermuten auch, dass Alawi mit der Drogenbande der Familie Cegun in Verbindung steht, er ist ein Verwandter des Clanchefs, der Sohn eines Cousins. Bisher konnte man ihm nichts nachweisen, sondern eben nur die Nähe zu diesem Clan. Das Übliche eben, Besuche, Hochzeitsfeiern, gemeinsame Familienfeste. Allerdings hatte der bis vor kurzem arbeitssuchend gemeldete Mehmed Alawi in letzter Zeit viel Geld zum Wetten, fährt einen nagelneuen Mercedes, hat eine Firma gegründet und ist auch sonst plötzlich sehr großzügig mit Geschenken an Freunde. Also nutzen wir diesen Haftbefehl und mit einer Hausdurchsuchung, die eigentlich jeden Moment auch genehmigt sein sollte, werden wir hoffentlich genügend Anhaltspunkte für weitere Ermittlungen finden. Das ist im Moment die Strategie. Es gibt einen genauen Zeitplan, denn alle anderen Aktionen gegen den Cegunclan werden zeitgleich stattfinden. Man erhofft sich dadurch einen maximalen Erfolg.«

Einer der Inspectors meldete sich: »Ten Kammerbrink. Aber wenn wir nichts finden, dann müssen wir Alawi wieder laufen lassen. Wegen häuslicher Gewalt können wir ihn höchsten 24 Stunden festhalten.« Der Einwand kam von einem sehr jugendlich aussehenden Mitarbeiter.

»Nun ja, Ten, da haben Sie sicher recht. Wir stehen unter großem Druck, ganz klar. Aber der Durchsuchungsbeschluss gibt uns die Möglichkeit genau hin zu schauen. Bis zum geplanten Aktionstermin übermorgen müssen wir eine Observierung organisieren. Ich schlage vor, dass wir uns in 2er Teams aufteilen und abwechselnd observieren. Wer von Ihnen hat schon zusammengearbeitet?«

Es ergab sich, dass die anderen vier Ermittler sich untereinander kannten und so blieben am Ende Ten und Kies als Team übrig. Ten Kammerbrink hätte sein Sohn sein können, er war 26. Kies war das zunächst unangenehm, er empfand eine unangenehme Last der Fürsorge und Verantwortung gegenüber dem jungen Kollegen. Aber Kies war auch etwas geschmeichelt, denn Ten blickte doch sehr zu dem älteren und erfahrenen Chef auf.

»Wieso hat man Sie zum Ermittlungsteam beordert, Ten?«, wollte Kies wissen, der natürlich genau im Dossier nachgelesen hatte, dass Ten Spitzennoten und Beurteilungen auf der Polizeiakademie gehabt hatte. Des Weiteren hatte Ten bereits bei zwei äußerst gefährlichen Einsätzen, die mit Schusswaffengebrauch auf offener Straße sehr heikel gewesen waren, Nerven gezeigt und sehr umsichtig und besonnen gehandelt, als wäre das sein täglich Brot. Eigentlich waren solche Einsätze bei Ermittlern eher selten und eher das Metier der Sonderkommandos.

»Ich denke, ich habe ein-zweimal Glück gehabt. Es hätte jedes Mal auch anders ausgehen können. Draußen ist es halt nicht so wie bei der Übung, auch wenn die Ausbilder versuchen, alles so real wie möglich aussehen zu lassen. Aber das wissen Sie bestimmt besser als ich.«

»Stellen Sie mal ihr Licht nicht unter den Scheffel, Ten. Übrigens, ich bin Kies und ab sofort lassen wir das Sie weg, ok? Und bitte auch nicht ‘Chef‘ oder so‘n Mist.«

»Zu Befehl!« grinste Ten.

Kies wandte sich den anderen Teams zu und sprach mit jedem Einzelnen. Es hatten sich zwei Männer- und ein Frauenteam gebildet. Das Frauenteam bekam die Aufgabe, Kontakt zu Frau und Schwester aufzunehmen, während die Männerteams sich zunächst bei der Observierung Alawis abwechseln sollten.

8

Kurz nach dem Briefing am Freitag, dem 3.Mai, gingen Kies und Ten in den Hof zu den Dienstautos und nahmen sich einen dunklen VW Passat. Ten setzte sich ans Steuer und sie fuhren aus dem Hof in Richtung Kinkerstraat, denn ihr Einsatzort lag im Bijlmermeer, einem Viertel im Südosten der Stadt. Das zweite Team sollte einstweilen im Hintergrund bleiben. Nach 25 Minuten Fahrt hatten sie die Kolfschotenstraat erreicht. Ten parkte gegenüber des Wohnblocks. Die somit abgelösten Kollegen starteten ihren Wagen und fuhren langsam mit einem kurzen Nicken vorbei. Bisher hatte man keine Anzeichen irgendwelcher Aktivitäten des Verdächtigen entdecken können. Sein Wagen stand auf der anderen Stassenseite und war heute noch nicht bewegt worden. Ten nahm einen Feldstecher aus dem Handschuhfach und blickte in Richtung Wohnung, von der zwei Fenster zu Straße gingen.

»Ich würde unheimlich gerne mal sehen, wie es im

Gebäude aussieht«, meinte Kies beiläufig: »Ich gehe mal rein und sehe mich um. Du bleibst hier. Ich rufe Dich an und lass Dich mithören.«

»Kies... das ist gegen die Dienstvorschrift.«

»Stimmt«, sagte Kies, »und nimm den blöden Feldstecher weg, Du siehst nichts, fällst aber auf!«

Er stieg aus, schwang die Beifahrertüre zu und ging gelassen über die Strasse. Am Hauseingang tat er so, als suche er einen Namen und klingelte dann ganz unten im Parterre. Eine Frau sprach ihn über die Gegensprechanlage an und er stelle sich als jemand von der Hausverwaltung vor und fragte, ob sie wegen des defekten Lichtes angerufen habe. So verschaffte er sich Zutritt zum Gebäude. Kies schaltete sein Handy an und ließ Ten mithören. An der Wohnungstüre hielt er mit der älteren Dame einen netten Schnack und fand so heraus, dass der »nette junge Türke mit dem schönen Auto« seit gestern nicht mehr ausgegangen war. Seine junge Frau habe sie seit ein paar Tagen auch nicht mehr gesehen, sie war wohl verreist, denn sie hatte einen Koffer und das Kind und wohl eine Freundin dabei. Kies ließ sich nicht zum Kaffee einladen, sondern meinte nur, dass er eben mal im Haus nach den Lampen sehen müsse und dann gerne nochmal vorbeischauen würde. Im Haus selbst fiel ihm nichts weiter auf, nur dass sehr viel Müll und Krempel vor den Wohnungen lag. Alawi wohnte im 3. Stock. Im Vorbeigehen hörte er jemanden telefonieren, es ging scheinbar um Geld und um einen zeitnahen Auftrag. Schnell lief er wieder hinunter. Unten wartete die alte Dame bereits auf ihn.

»So«, sagte er, »ich habe alles notiert. Wir müssen uns aber auch um den Müll und die ganzen Sachen im Treppenhaus kümmern, so geht das ja nicht. Bitte sagen sie den Mietern nichts, wir möchten gerne die Verursacher selbst zur Verantwortung ziehen.«

Konspirativ grinste die Dame und nickte: »Ich habe verstanden, Sie können sich auf mich verlassen Herr..?«

»Für Sie Jan! Und beim nächsten Mal trinke ich sehr gerne einen Kaffee mit Ihnen. Leider bin ich jetzt in Eile, ich habe gerade einen Notfallanruf bekommen. Vielen Dank und Tot ziens!«

Kies lief hinaus und ging auf die andere Seite. Ten hatte schnell geschaltet und war inzwischen auf die Beifahrerseite gerutscht, denn die Dame sah durch das Fenster zu, wie Kies einstieg und winke ihm nach. Kies winkte auch, tat dann so, als würde er telefonieren und startete dann den Wagen. Er fuhr aus dem Blickfeld der Dame und wendete an der nächste Kreuzung. Dann parkte er kurz hinter Alawis Mercedes, außerhalb des

Blickfeldes der netten Dame.

Alawi kam ca... fünf Minuten später im schwarzen Anzug und mit Sonnenbrille aus dem Haus und ging zu seinem Auto. Er telefonierte währenddessen. Leider konnten die beiden Ermittler nicht verstehen, was er sagte. Sie folgten dem weißen Mercedes AMG X290.

»Das Kennzeichen ist auf Alawi zugelassen, zudem steht hier, dass Alawi einen privaten Chauffeurdienst angemeldet hat. Er ist der Besitzer der Firma PLS. Wahrscheinlich fährt er zu einem Kunden.« Ten hatte sein Tablet dabei und versuchte noch mehr Informationen über den AMG zu bekommen.

»Wow, das Auto kostet um die 150.000 Euro! Woher bekommt jemand wie Alawi soviel Geld? Selbst, wenn das Ding geleast ist, muss Alwai jedes Monat mindestens 1500 hinlegen. Das muss er erstmal verdienen! Mal sehen, was nimmt den der »Private Limousins Service« so?«

Ten surfte auf seinem Tablet:

»200 Euro in der Stunde, das geht ja noch, mit Fahrer und »Pünktlichkeitsgarantie«. Die Website sieht gut aus, nicht zu kitschig, wirkt seriös. Finde ich gar nicht schlecht, ist auch leicht zu finden. So was kostet natürlich auch Geld. Ich kann nicht sagen, ob sich der Service lohnt. Zufriedene Kundschaft scheint es zu geben, der Service ist gut gevotet.«

Alawi fuhr direkt zum Flughafen Shiphol. Dort war es nicht so einfach, unbemerkt in der Nähe zu bleiben, denn als privates Taxi durfte er neben dem Ausgang halten, was für die beiden Polizisten in ihrem Passat sehr auffällig gewesen wäre. So stieg Ten aus und machte unauffällig ein paar Fotos von Alawis Kunden, zwei Herren und einer etwas aufgetakelten Dame, die aus der Ankunftshalle gelaufen kamen, aber nur Handgepäck hatten. Alawi fuhr wieder los und Ten sprang wieder in den Passat. Leider verpassten Sie den Anschluss, denn Alawi war sehr schnell unterwegs. Dann wurden die beiden Beamten zusätzlich durch einen Unfall vor ihnen aufgehalten. Sie hatten ihn verloren. Zwar riefen sie sofort das zweite Team zur Verstärkung, aber der Mercedes blieb für ca... 30 Minuten verschwunden. Da sofort eine interne Fahndung nach dem Auto herausgegeben wurde, kam dann die Meldung dass der AMG im Tunnel in Richtung Amsterdam Ost fuhr. Die Passagiere waren allerdings nicht mehr im Wagen.

9

Bereits einen Tag nach der Anfrage erhielt das Immo-
bilienbüro Vermeulen per Geschäftshandy eine SMS
mit einem Terminwunsch für die Besichtigung eines
Grachtenhauses bereits am Donnerstag den 2. Mai.
Vermeulen bestätigte den Termin und fragte nochmal
nach, ob denn der Bootstaxiservice gewünscht sei. Er-
staunlicherweise kam sofort die Rückmeldung, dass man
sehr gerne das Angebot annehme und um 11 Uhr an
der Marina Amsterdam am Tt. Vasumweg bereit stehe.
Von dort solle es direkt zum Objekt gehen. Feldmann
bat darum, noch zwei weitere Personen mitbringen zu
dürfen, dabei handle es sich um einen Architekten und
dessen Assistentin.

Punkt elf lag die sehr traditionell gehaltene Sloep
»Annalu« der »Amsterdam Boat-Rental« am Kai der
Marina bereit. Erik Vermeulen stand lächelnd an der
Gangway und begrüßte die Kunden herzlich. Der Skip-
per Jan Dekker wartete auf dem Boot und half galant

der Architektenassistentin, die mit ihren hohen Absätzen sichtlich Schwierigkeiten hatte, an Bord zu kommen. Feldmann und sein Architekt, der sich als Dr. Siemons vorstellte, kletterten ungelenk über die Gangway und nahmen mit ihren Aktentaschen im vorderen Teil des Bootes Platz.

»Darf ich Ihnen ein Glas Champagner anbieten?«, fragte Vermeulen freundlich und lächelte seine Gäste an. Dann legte das Boot ab und fuhr in Richtung Hauptbahnhof über das Ij, nach dem Bahnhof bog das Boot nach Backbord in den Singel und dann gleich wieder Steuerbord in die Brouwersgracht, um zur Herrengracht zu kommen.

»Warum fahren Sie denn solche Umwege?«, fragte Feldmann, wieder in seinem barschen Tonfall: »Wir wollen so schnell wie möglich zum Objekt.«

»Wir wollten Ihnen den schönsten Weg zeigen, aber soviel Umweg ist es wirklich nicht. Am Ende werden Sie sehen, dass es sich rentiert.«

»Na, hoffentlich.« murmelte Feldmann. Die Assistentin schien dem Alkohol nicht abgeneigt zu sein und hatte schon ihr drittes Glas ausgetrunken.

»Lassen sie es gut sein, Hilda!«, maßregelte sie Dr. Siemons sichtlich genervt: »Was soll denn das?«

Vermeulen schaute etwas beschämt und fuhr dann in

seinem Vortrag über die Amsterdamer Grachten und die Bauweise der Häuser fort. Eigentlich war er in seinem Element. Doch seine Gäste wirkten gelangweilt und quittierten den Vortrag mit überheblichen Bemerkungen wie »Ach was« und »Was Sie nicht sagen«. Dass die Assistentin dann auch noch gähnte, brachte Vermeulen fast aus dem Konzept. Er beschränkte sich nur noch darauf, die wichtigsten Sehenswürdigkeiten entlang des Weges zu erwähnen.

»Gott sei Dank sind wir gleich da«, dachte er sich, als sie auf die Amstel einbogen und nur noch wenige Minuten zu fahren hatten. Direkt vor dem schönsten Haus an der Südseite der Achtergracht legte das Boot an und der Skipper machte die Sloep am Kai fest. Jan legte die Gangway aus und half seinen Passagieren von Bord. Er nickte Erik zu, denn er sollte nach dem Termin die Kunden wieder zurückbringen.

»Sie müssen nicht auf uns warten, wir haben unseren Fahrer hierher bestellt«, bemerkte Feldmann. Jan sah Vermeulen fragend an und dieser bat ihn trotzdem zu warten, denn er wollte selbst per Boot zurück zum Büro.

Das Haus war typisch mit Souterrainwohnung und Hochpaterreeingang über eine leicht gewundene Treppe. Die Fassade war im unteren Bereich mit Kalksteinplatten verkleidet und ab dem ersten Stock war die Backsteinmauer rot gestrichen, während die Simse aufwendig aus Stein gearbeitet waren. Alles an dem Haus war erneuert, restauriert und frisch gestrichen worden. Die Fenster waren penibel sauber geputzt und die Vorhänge perfekt drapiert. Erik war stolz auf Frank und seine Reinigungs- und Interieurfirma, die stets für ein perfektes Ambiente sorgte.

»Von Außen macht es einen sehr guten Eindruck,« meinte Dr. Siemons, »aber wie sieht es mit der Substanz aus? Diese Grachtenhäuser stehen ja auf Holzpfählen und durch den niedrigeren Grundwasserspiegel sind diese Pfähle nicht mehr so durchtränkt wie in früheren Jahrzehnten. Wurde hier etwas getan?«

»Eine Spezialfirma hier aus Amsterdam hat die Pfähle durch Stahlbeton ersetzt. Wir haben das auch im Exposé vermerkt. Eine extrem kostspielige, aber unbedingt notwendige Maßnahme. Das Haus ist dadurch für die nächsten 100 Jahre standfest.« Vermeulen ärgerte sich. »Da brauch ich keinen Doktor dafür«, dachte er sich.

Hilda war sichtlich angetrunken. Sie hielt sich am Treppengeländer fest und schwankte. Sie sah auch nicht wie eine Assistentin aus sondern eher wie eine leicht abgetakelte Hostess.

»Was läuft hier?«, fragte sich Vermeulen. »Von drei Glas Sekt betrunken?«

»Verzeihen Sie, Herr Vermeulen«, stammelte sie plötzlich, »ich müsste mal ihre Toilette benutzen. Mir ist nicht ganz wohl.«

»Aber selbstverständlich, Frau, äh, Hilda, den Gang durch nach hinten«, antwortete Vermeulen irritiert. »Geht es Ihnen nicht gut?«

»Es geht gleich wieder, nur ein leichter Schwindel«, presste sie heraus und verschwand hinter der Türe.

»Das tut mir sehr leid, meine Herren, ich hätte nicht gedacht, dass ein bisschen Champagner so wirken kann.« Vermeulen war etwas verlegen und fühlte sich schuldig.

»Das ist doch wirklich nicht Ihre Schuld, Herr Vermeulen. Wissen Sie was, wir sehen uns jetzt einfach mal im Haus um und treffen uns dann hier wieder. Könnten Sie solange auf Hilda achten? Mir scheint, Sie haben da einfach ein Händchen.« sagte Feldmann mit einem Lächeln.

»Natürlich, natürlich, kein Problem«, antwortete der Makler verlegen. So blieb Vermeulen vor der Toilettentüre stehen, während sich Siemons und Feldmann auf den Weg in die oberen Geschosse machten. Aus der Toilette drangen Würgegeräusche. Bereits nach wenigen Minuten kamen die beiden Herren zurück.

»Alles sehr schön, ein beeindruckender Zustand. Wir sind sehr zufrieden«, vermeldete Feldmann, »Dann machen wir uns mal wieder auf den Weg.«

»Äh, und Frau Hilda?« wunderte sich Vermeulen.

»Ach ja, die Ärmste,« meinte Siemons, »geht es ihr besser?«

»Ich weiß auch nicht,« antwortete Vermeulen unsicher, »ich, äh...«

Da ging die Toilettentüre auf und eine sichtlich erholte Hilda erschien.

»Das ist mir sehr peinlich, eine kleine Unpässlichkeit..., verzeihen Sie mir bitte, meine Herren.« Sie schob sich an den dreien vorbei, Siemons und Feldmann sahen sich vielsagend an, während Erik Vermeuln etwas verdutzt dreinschaute.

»Nun gut, wir müssen los«, skandierte Feldmann, »Zeit ist Geld!« Die drei gingen schnellen Schrittes zum Ausgang. Vor der Türe war ein weißer Mercedes AMG X290 vorgefahren. Ein orientalisch aussehender Fahrer in einem schwarzen Anzug war bereits ausgestiegen und wartete auf seine Auftraggeber.

»Aber sie haben ja noch gar nicht die Souterrainwohnung und den schönen Südseitengarten gesehen!«, sagte Vermeulen noch, aber Feldmann schüttelte ihm schon die Hand und bedankte sich für die »gute Arbeit« und die »hervorragende Präsentation«.

Vermeulen wusste gar nicht, wie ihm geschah und eh er noch etwas sagen konnte, waren die drei mit ihrem Mercedes schon an der nächste Kreuzung.

»Du hast ja seltsame Kundschaft, mein Lieber«, meinte Jan grinsend, als Erik wieder an Bord kletterte, »wenn das die Assistentin eines Architekten war, bin ich die Königin von Saba. Die roch doch mehr nach Bahnhofsschwalbe. Glaub mir, Erik, ich bin lange zur See gefahren und kenne die Damen vom Gewerbe.«

Für diese Aussage erntete Jan von Erik einen bohrenden Blick:

»Meinst Du? Was sollte das Ganze dann, diese ganze Show?«

Jan zuckte nur mit den Achseln und ließ ein durch die Zähne gepresstes »Pfft« hören.

»Der Wagen war jedenfalls nicht billig, aber so was kann man ja mieten. Na, ich hab ja schon die seltsamsten Vögel für Dich durch die Stadt geschippert, mich wundert gar nichts mehr.«

Jan Dekker grinste Erik an und startete dann den Motor. Langsam glitt die Sloep durch die Gracht.

10

»Ach Frank, das war vielleicht eine komische Show heute. Du glaubst nicht was diese Leute mir da vorgespielt haben. Ich möchte zu gerne wissen, warum die beiden Kerle unbedingt minutenlang alleine in dem Haus herumgeistern wollten.« Erik saß im bequemen Cocktailsessel im Wohnzimmer des Hauses Vermeulen an der Keizergracht. Frank Vermeulen massierte seinem Mann hinter ihm stehend den Nacken.

»Entspann Dich, mein Lieber. Du hast doch schon oft die seltsamsten Marotten reicher Leute erlebt. Was sollen die schon in dem Haus gewollt haben? Hast du wieder recht viel erzählt und den Touristenführer gegeben?«

»Zugegeben, das kam nicht so gut an wie sonst. Aber trotzdem, irgendwas ist da faul. Ich warte auch noch auf einen Rückruf der Nederlandse Bank, ich hab mich über meine alten Kontakte über diesen Feldmann erkundigt, aber da war bisher nichts Auffälliges.«

»Also, gehst Du da nicht zu weit? Das ist ja kriminell, wenn Du Deine Kontakte nutzt, um das Bankgeheimnis zu umgehen.«

Erik sah Frank über die Schulter in die Augen:

»Du hast recht, das geht zu weit. Vielleicht bin ich ja nur ein bisschen zickig, weil mir keiner bei meinem Vortrag über die Grachten zuhören wollte.«

Das Klingeln Erik's Mobiltelefons unterbrach sie.

»Ja?..Hallo, meine Liebe..., ach? Du nee, kein Problem...,wie? Ach...!Ja,...Ja...Das ist ja interessant..., na, vielen Dank! Ja, Dir auch, Toedelpip!«

Erik tippte mit ausladender Geste auf sein Mobiltelefon, um das Gespräch zu beenden.

»Frank, das glaubst Du nie! Ich rufe diesen Herrn Feldmann jetzt mal an und gratuliere ihm zum Geburtstag.« Erik war ganz aus dem Häuschen.

»Was ist den los, Erik?« Frank Vermeulen sah Erik verwirrt an.

»Na, der Herr Hans Feldmann, einziger Kunde dieses Namens bei der Nederlandse Bank Amsterdam hat doch heute Geburtstag. Komischerweise steht das aber nicht in seinem Ausweis. Und weißt Du den Wievielten?«

»Keine Ahnung Erik, was soll das?«

»Er wird heute ... 87 Jahre alt!«

»Was? Das gibt's doch nicht, bist Du Dir da ganz sicher?« Erik grinste triumphierend:

»Ganz sicher! Meine alte Freundin Caro hat nämlich vorgestern die Glückwunschkarte persönlich ausgedruckt und versendet! Unser Feldmann ist ein Hochstapler!«

Franks Mine verfinsterte sich.

»Was willst Du jetzt machen? Zur Polizei gehen? Das ist doch lächerlich, Erik. Ich denke, er ist ein Strohmann, der für irgendeinen Oligarchen oder Mafiaboss Häuser kaufen soll.«

»Meinst Du, Frank? Dann sollte ich auf jeden Fall zur Polizei gehen! Gleich morgen.«

»Na, wenn Du meinst.« antwortete Frank. Nach einigen Sekunden Pause meinte er dann:

»Du, Erik, ich muss nochmal kurz telefonieren, vorhin hat eine der Putzfrauen ganz aufgeregt angerufen.« In diesem Moment läutete ein Klingelton, den Erik allerdings noch nicht kannte.

»Nanu? Hast Du einen neuen Klingelton, Schatz?«, fragte Erik lächelnd.

»Nee, das ist mein neues Geschäftshandy, ich wollte das Geschäftliche mehr trennen, entschuldige. Ich mach es gleich aus.«

»Ist doch kein Problem, Frank. Geh ruhig ran.«

„Na gut, wie Du meinst, ich geh' aber in mein kleines Büro oben."

Frank Vermeulen ging schnell die Treppe nach oben in den 4.Stock. Er schloss die Türe hinter sich, damit Erik nichts hören konnte. Trotzdem sprach er mit gedämpfter Stimme:

»Was ist los? Wer hat diese drei Amateure geschickt? Seid Ihr verrückt? Erik hat Verdacht geschöpft, er ist hinter die falsche Identität von Feldmann gekommen! Er wird zur Polizei..., was? Nein! Das nicht! Nein! Vergiß es! Niemals!«

11

»Niemals! Ich bin raus! Wagt es nicht, hier nochmal anzurufen, Ihr würdet es bereuen!« Frank warf das Handy auf den Schreibtisch. Er war innerhalb von Sekunden leichenblass geworden. Dann ließ er sich auf den Stuhl sinken, stütze die Ellbogen auf den Schreibtisch und hielt die Hände vor das Gesicht. Was für eine Scheiße! Er hatte sich in eine Situation gebracht, die er überhaupt nicht mehr unter Kontrolle bringen konnte. Eigentlich blieb nur der Weg zur Polizei, um alles zu gestehen, mit etwas Glück kam er mit einer Bewährungsstrafe davon. Aber bevor er zur Polizei ging, sollte er dann doch lieber erst seinen Anwalt kontaktieren. Sofort griff er zum Telefon und suchte die Nummer.

»Sie sind verbunden mit dem Anrufbeantworter der Anwaltskanzlei Kahn-Verplassen, Sie rufen außerhalb unserer Geschäftszeiten an. In dringenden Fällen bitten wir Sie,...« Frank legte auf. Scheinbar noch Mittagszeit. Also dann ab 14 Uhr. Frank atmete tief durch und versuchte die Fassung wieder zu erlangen. Dann ging er nach unten.

»Ach, diese Aushilfen. Wegen jeder Kleinigkeit rufen die an. Mein Lieber, warum gehen wir nicht zu Giovanni und essen erst mal zu Mittag? Ich hab heute noch fast nichts gegessen und Du ja auch nicht, oder?«

Erik Vermeulen sah Frank liebevoll an:

»Ja, natürlich, das ist doch eine gute Idee. Ich hab schon bei der Polizei angerufen und mich erkundigt, wo ich genau hin muss. Da könnte man zwar auch direkt hin, aber mit Termin ist es dann doch angenehmer.«

Frank runzelte die Stirn:

»Ah, ja? Sag mal, sollen wir unsere Kleinen eigentlich mitnehmen? Die bräuchten dringend nochmal Auslauf. Und was ich Dir noch sagen wollte, ich hab' die Putzfrau nochmal in die Achtergracht geschickt, wegen der Toilette. Sie soll da nochmal sauber machen.« Erik sah Frank verwirrt an: »Woher weißt Du denn, dass die Toilette benutzt wurde? Ich hatte Dir davon ja gar nichts erzählt!«

»Hattest Du nicht erzählt, dass Diese Assistentin, die wie eine Hostess aussah, Theater gemacht hat? Und dass Du auf sie gewartet hast? Ich nehme an, sie hat das Klo benutzt. Wenn nicht, ruf ich die Putzfrau zurück. Einmal wenn man selbstständig kombiniert!«

Frank spielte den Beleidigten, was bei Erik immer zum Rückzug führte.

»Nein, nein, beruhige Dich, Frank, Du hast richtig geschlussfolgert, sie hat sich tatsächlich minutenlang auf dem Klo eingesperrt, gewürgt und sich vermutlich auch erbrochen. Es muss auf jeden Fall geputzt werden.« Erik war bemüht, die Wogen zu glätten.

Frank spielte den Schmollenden. Aber kurz darauf lächelte er Erik wieder an. Man konnte diesem lieben Mensch einfach nicht böse sein. Mit Ihren drei Schoßhunden Miep, Bieb und Belle machten Sie sich auf den Weg. Insgeheim suchte Frank nach einem Ausweg aus seiner Misere.

12

In der Achtergracht war ein kleiner weißer Lieferwagen vorgefahren, der laut Werbeschildern an der Seite einer Amsterdamer Reinigungsfirma gehörte. Eine junge Frau stieg aus. Ihre langen, schwarzen Haare hatte sie zu einem Pferdeschwanz gebunden. Sie trug schwarze Leggins und Turnschuhe, eine hellblaue Kittelschürze und war stark geschminkt. Aus dem Laderaum des kleinen Lieferwagens holte sie Putzutensilien und einen Eimer. Sie schien dabei keine Zeit verlieren zu wollen, denn sie hatte bereits die Gummihandschuhe angezogen. Sie sperrte die Eingangstüre zur oberen Wohnung auf und begab sich zur Toilette. Bereits nach einigen Minuten schien sie ihren Auftrag erfüllt zu haben. Dann begab sie sich aber nach oben und holte aus dem obersten Geschoss einen Koffer. Dieser glich der Aktentasche des Architekten haargenau. Die junge Frau legte den Koffer auf den Beifahrersitz und ging dann zurück ins Haus, um ihre Putzutensilien zu holen, denn sie konnte nicht alles zusammen tragen. Sie vergaß dazwischen nicht, das Auto abzuschließen. Dann fuhr sie schnell davon. Die ganze Aktion hatte nur etwa 10 Minuten gedauert.

13

Tara Blommestein saß weinend auf ihrem Bürostuhl im Souterrainbüro der Immobilienfirma Vermeulen. Die ganze Person wirkte derangiert, ihr Make-Up war verschmiert. Eine BOA-Beamtin versuchte beruhigend auf sie einzureden, der Notarzt stand mit seinem Rettungsassistenten vor dem engen Eingangsbereich und sprach mit Matthijs Breuer.

»Ich würde ihr ja gerne was zur Beruhigung geben, aber wenn Sie sie gleich vernehmen wollen, ist das vielleicht nicht so gut. Ihre Entscheidung.« Der Arzt sah Matthijs über den Rand seiner Brille fragend an.

»Nur ein kurzes Gespräch, Doc. Ich möchte nur den ersten Eindruck möglichst genau festhalten.«

»Frau Blommestein,« begann Breuer kurz darauf zu der Sekretärin gewandt, »mein Name ist Matthijs Breuer. Ich bin der leitende Inspector. Darf ich Ihnen ein paar Fragen stellen?« Tara nickte nur kurz.

»Was ist denn heute alles passiert? Beginnen wir

doch am Besten mit heute morgen. Wann sind Sie denn zur Arbeit gekommen?«

»Wie immer. Um 8 Uhr 30 fange ich an, Post sortieren, Kaffee kochen. Das mache ich immer oben im Büro von Erik.« Schon musste sie schluchzend unterbrechen.

»Dann gehe ich nach unten und bearbeite Anfragen und Exposés.«

»Wann haben Sie heute morgen die Herren Vermeulen gesehen?«

»Erik Vermeulen kam um 9 Uhr herunter und sagte mir, dass er um 11 Uhr mit dem Boot einen Kunden abholen würde, um ein Objekt zu besichtigen. Leider kann ich Ihnen nicht sagen, welcher Kunde das war und welches Objekt besichtigt werden sollte. Aber wie immer fuhr Jan von der Amsterdam Boat Rental, ein guter Bekannter von Erik.«

Mit jedem Satz wurde Tara sicherer. Sie schnäuzte sich und fuhr fort:

«Jedenfalls sollte ich noch Champagner aus dem Kühlschrank zusammen mit 4 Gläsern in den Korb legen, den Erik dann auch mitnahm. Das ist bei diesen Terminen üblich. Erik kam dann um ca. 12 wieder zurück und ging nach oben in die Wohnung. Kurz danach ging ich auch, um Feierabend zu machen. Ich arbeite freitags nicht länger.«

Tara brach ab.

»Und dann um 16 Uhr, als ich nochmal zurück kam weil ich mein Handy vergessen hatte, war niemand da, das war ungewöhnlich, denn Erik hatte ja gesagt, dass er heute noch die Termine für diese Woche mit Frank planen wollte. Also ging ich nach oben ins Büro, und da sah ich auf der Treppe die Hunde.«

Wieder begann sie zu schluchzen und die Tränen erstickten ihr Stimme. »Das ist alles so furchtbar, wer ist denn so grausam?«

Breuer horchte auf: »Sie glauben... es war Mord?«

»Ja, natürlich. Niemals hätte Einer dem Anderen etwas angetan, selbst wenn die beiden sich stritten, klang das harmonisch. Nicht mal zynisch, sarkastisch oder verletzend. Nein, nein, das hier muss eine Bestie getan haben!«

14

Auf der Treppe lagen im Abstand von je drei Stufen die Kadaver der Schoßhunde Miep, Biep und Belle. Sie waren anscheinend erschlagen worden. Im ersten Stock, im Salon des Paares saß Erik Vermeulen mit einem Gürtel um den Hals auf einem mit Urwaldpflanzendekor bezogenem Cocktailsessel.

Seine Augen waren herausgequollen und sein ganzer Kopf blau angelaufen. Man hatte ihn mit dem Gürtel erwürgt. An seinem Hinterkopf hatte er eine Platzwunde. Im zweiten Stock im Bad lag rückwärts nach hinten gefallen in der Badewanne Frank Vermeulen. Sehr viel Blut war an die Wand und an die Decke gespritzt, als ein großkalibriges Pistolenprojektil unter seinem Kinn eingedrungen und die hintere Schädeldecke teilweise weggesprengt hatte. Eine 9 mm Pistole Marke Steyr Para lag links neben der Leiche auf dem Boden das Bades. Die Spurensicherung war im ganzen Haus beschäftigt, nach Fingerabdrücken und andern Spuren zu suchen und zu fotografieren. Hoofdcommissaris Jan Perkis kam gerade zur Türe herein und fragte den Beamten an der Haustüre nach Inspector Breuer, der die Ermittlungen leitete.

»Breuer, was können Sie mir zum Ermittlungsstand sagen?«, fragte er Matthijs, der gerade aus dem Büro kam und sich sehr wunderte, dass der Chef der neuen Soko Gracht ausgerechnet hier auftauchte.

»Zwei männliche Leichen, Frank und Erik Vermeulen. Beide Anfang Fünfzig. Wir stehen noch am Anfang der Ermittlung, aber auf den ersten Blick sieht es nach einer Beziehungstat mit erweitertem Selbstmord aus. Aber wie gesagt, wir sind erst am Anfang und müssen noch einige Leute vernehmen.«

»Tun Sie das, Breuer, ich will schnell wissen, ob das was mit unseren Ermittlungen im Drogenmilieu zu tun hat. Ich kann Ihnen aber im Moment keine weitere Unterstützung geben, Sie wissen ja. Sie kommen mit Ihrer Truppe zurecht?«

»Na ja, wir könnten noch ein, zwei BOAs brauchen, um die Nachbarn und den Freundeskreis zu befragen«, meinte Breuer, dessen Truppe völlig unterbesetzt war.

»Das war keine Frage, Breuer! Ich erwarte Ihren Bericht und zwar bis morgen.«

»Ja, Herr Perkis.« gab Breuer etwas angefressen zurück.

»Ja, Herr Hoofdcommissaris! Soviel Zeit muss sein!«
Perkis drehte auf dem Absatz um.

Matthijs Breuer zog die Augenbrauen hoch und murmelte:

»Faszinierend.« Dachte aber: »Was für ein Arsch!«

»Ans! Meta! Ihr habt den Chef gehört, macht hin.
Aber vergesst mir nichts, und dann sollen die Schupos
den Tatort versiegeln. Und ich will eine Wache vor der
Türe, irgendwas ist hier nicht ganz koscher.«

»Wie meinst Du das?«, fragte sein Assistent Ans de
Jong, »Hier sieht es doch sehr nach einer Beziehungstat aus, keine Einbruchspuren, es fehlt kein Geld, keine
Wertsachen. Die Rolex am Arm von Erik Vermeulen
ist locker 2000 Euro wert, und selbst seine Manschettenknöpfe sind aus Gold.«

Matthijs war nicht überzeugt: »Erst wenn alle Zeugen befragt, alle Spuren ausgewertet und alle Hintergrundinformationen da sind, mach' ich mir ein Bild.
Wenn eine Ungereimtheit bleibt, werde ich in alle Richtungen ermitteln.«

Meta Bos, die Pathologin grinste. In ihrer langen
Laufbahn hatte sie schon einige Beziehungstaten gesehen, aber sie hatte auch das Gefühl, dass hier etwas
nicht stimmte, alles war sehr –glatt. Zu glatt. Alles

war aufgeräumt, keine sichtbaren Kampfspuren, nichts was nach einem massiven Streit aussah. Wo waren zerbrochene Teller oder irgendein anderer Hinweis? Es sah einfach anders aus, wenn zwei Menschen bis auf den Tod stritten. Hier sah es aus, als ob Frank Vermeulen seinen Ehemann von Hinten auf den Kopf geschlagen und erwürgt, dann ihre Hunde nacheinander, womöglich mit einem Totschläger, erschlagen und sich dann am Badewannenrand mit der Pistole oberhalb der Kehle von unten in den Kopf geschossen habe. Geradezu akribisch nach Plan. Und dem Ganzen war nichts vorhergegangen?

»Was habt Ihr noch?«, fragte Breuer den BOA Ruud Mikerlen.

»Es gibt ein paar wenige Abdrücke, die offensichtlich nicht von den beiden stammen, wir versuchen sie noch zuzuordnen, das wird aber dauern. Die Putzfrau und eine Art Hausmeister bzw. Gärtner haben wir schon erreicht, sie melden sich zur Aussage auf dem Revier. Es gibt keine direkten Verwandten, außer einer Tante in Den Haag, die ist allerdings schon über 80 und wohnt in einem Altenheim. Aber es gibt einen großen Freundeskreis, alle in der Gay communitie. Das wird nicht so leicht, hier wirklich alle Personen, die in Beziehung mit den beiden standen, zu finden. Wir nehmen alle Laptops und Computer mit und suchen auch noch nach Adressbüchern.«

»Gut, weitermachen.« Matthijs fiel eine Fotografie auf dem Schreibtisch auf, darauf saß Frank am Schreibtisch und schrieb mit einem edlen Füller, hinter ihm stand lächelnd Erik Vermeulen. Der Inspector ließ das Bild abfotografieren. Auf dem Handy von Erik sah man als Hintergrundbild einen dunkelhäutigen Travestiekünstler in einem sagenhaften Sambaoutfit in orange.

»Holla, wer bist denn Du?«, murmelte der Ermittler.

15

»Das ist doch überhaupt nicht möglich!«, rief der junge Mann, den man auf der Straße wohl am Ehesten als Paradiesvogel bezeichnet hätte. Er trug eine eng anliegende, schwarz-weiß längs gestreifte Hose und ein hautenges rot-schwarz quer gestreiftes langarmiges Shirt mit Rollkragen, dazu hatte er orangefarbene Turnschuhe an den Füßen und eine Sonnenbrille in seiner Frisur. Diese bestand aus einem Turm aus blondierten Dreadlocks und außen herum kurzgeschorenem, dichtem schwarzen Haar. Sein richtiger Name war Kevin Banouhudon. Als Travestiekünstler nannte er sich »Lola Oranje«. Seine Hautfarbe war tiefschwarz und er hatte absolut makellose, blendend weiße Zähne.

»Frank und Erik haben sich geliebt, es kann nicht sein, dass einer dem Anderen auch nur ein Haar hätte krümmen können.«

Matthijs Breuer war ganz ruhig:

»Wir müssen im Moment davon ausgehen, dass es

sich um eine Beziehungstat mit anschließendem Suizid handelt. Trotzdem wüssten wir gerne möglichst genau und lückenlos, wo Sie in den letzten Tagen waren.«

»Das glaube ich nicht, dass es Selbstmord war! Es war bestimmt Mord. Warum sollte denn auch einer der beiden die drei Süßen töten? Die waren ja sogar testamentarisch bedacht. Ich war auf jeden Fall ab Freitag in Den Haag beim Königinnentag, wenn Sie das wissen wollen. Der war ja am Samstag. Und da habe ich höchstpersönlich unserem König die Hand geschüttelt. Ich war allerdings anders angezogen, sagen wir mal, etwas »paradiesischer«. Da gibt's bestimmt ein Foto. Und danach war ich auf einer Party als Tanzshoweinlage, ich blieb aber die ganze Nacht. Am Sonntag hab ich den ganzen Tag geschlafen und bin dann abends zu meiner Mutter nach Utrecht gefahren. Von dort komm' ich grade her und wollte zu Erik, als ihr mich verhaftet habt!«

Kevin, oder besser Lola wirkte sehr betroffen.

»Überprüfen wir. Haben Sie eine Ahnung, wer die beiden auf dem Gewissen haben könnte, ich meine, falls sich Hinweise auf einen Mord ergeben?«

»Was? Ich? Nein!«

»Woher kannten Sie die Vermeulens eigentlich?«, fragte Matthijs Breuer.

»Ich habe Erik ganz oft beim Homomonument, wo ich auch oft vorbeikomme, beobachtet, er hat dort regelmäßig Blumen abgelegt. Irgendwann habe ich ihn dann mal angespochen. Er war sehr nett und hat mich eingeladen. Wir haben eine gemeinsame Vorliebe für das Königshaus und Erik kannte immer den neuesten Klatsch. Das war immer sehr schön.«

»Hatten sie ein Verhältnis mit Vermeulen?«, wollte Breuer wissen.

»Mit welchem denn?« Kevin lächelte: »Hach, ertappt, Herr Kommissar. Mit beiden.« Dabei machte er eine abwinkende Geste mit seiner Hand und drehte den Kopf zur Seite. »Die waren ja beide soo nett.«

Matthijs Breuer verdrehte die Augen.

»Bleiben wir bitte bei den Fakten! Was heißt nett? Wie würden Sie Ihr Verhältnis zu den beiden beschreiben? Haben Sie Geld für, sagen wir, gewisse Dienste bekommen?«

»Also Herr Kommissar, nicht so stürmisch. Nett heißt nett, gutes Verhältnis, ja, auch mal Rollenspiele. Geld? Was denken Sie von mir?«

»Welche Art von Rollenspielen?«

Kevin schmunzelte amüsiert:

»Jede. Na ja, eigentlich immer mit Kostümen und so. Einmal war ich Butler, allerdings nur mit weißem

Hemdkragen und weißen Handschuhen, oder mal als schwarzer Pit, mal als Seemann und so weiter. Ich war aber immer nur so eine Art Animateur, mich haben sie nie angefasst.«

»Hm, aha.« Breuer war nun doch etwas konsterniert.

»Na gut. Aus Ihren Vermögensverhältnissen geht hervor, dass Sie, sagen wir mal, von der Hand in den Mund leben. Häufig wechselnde Wohnungen, kein geregeltes Einkommen, usw.«

Kevin sah Breuer etwas angesäuert an:

»Ich bin Künstler, da bekommt man mal mehr, mal weniger. Ist das verwerflich? Aber ich habe mich noch nie prostituiert, wenn Sie das wissen wollen.« Er war jetzt doch etwas unruhig geworden und rutschte auf seinem Stuhl hin und her.

»Ich möchte jetzt meine Tasche. Ich brauche meine Medikamente!«

»Wohl eher Deine Drogen? Ich denke, die Tasche wird gerade kriminaltechnisch untersucht, das kann dauern.«

»Dann bekommen Sie gewaltige Probleme, Herr Kommissar. Ich brauche meine Medizin, ich bin Diabetiker.«

Matthijs griff zum Telefon und rief in der KTU an:

»Kira, wie sieht es denn mir der Tasche unseres Besuchers aus? Brauchst Du noch lange?«

Kurz darauf kam ein BOA aus der KTU und übergab die Tasche:

»Sauber. Keinerlei offensichtliche Spuren, DNA läuft aber noch.«

»Sie verdächtigen mich also tatsächlich? Ich habe doch gar nichts davon, dass die beiden tot sind. Im Gegenteil...«

»Schon klar, keine Auftraggeber für spezielle Rollenspiele mehr.«

»Ach was, da gibt es tausende, wenn Sie wüssten... Nein, ich habe echte Freunde verloren, auch wenn Sie mir das vielleicht nicht glauben!«

»Also gut, sie können gehen. Aber Sie sind ein wichtiger Zeuge. Bitte verlassen Sie die Stadt die nächsten Tage nicht, wir brauchen Sie vielleicht noch.«

»Tot ziens, lieber Herr Kommissar. Sie haben ja mein Nümmerchen.« Sprach's, schwang die Tasche um die Schulter und lief hüftschwingend in Richtung Ausgang.

»Inspector, ich bin Inspector!« sagte Breuer ihm hinterher, allerdings mehr für sich.

»Hast Du einen Neuen?« Ans war in der Türe stehengeblieben und hatte sich das Spielchen von Kevin mit Matthijs schmunzelnd angesehen.

»Hast Du einen Neuen?«, äffte Matthijs ihn nach.

»Oh, Mann das ist vielleicht eine Pflanze. Lola Oranje! Wir brauchen mehr Zeugen aus dem Umfeld der Vermeulens, was ist denn mit den letzten Kunden? Was ist mit diesem Jan? Dem Skipper? Was ist mit Leuten aus Frank Vermeulens Firma? Geht's hier überhaupt nicht vorwärts?« Matthijs redete sich in Rage:

»Verdammt, schlafen hier alle, Ans, wie weit bist Du?«

»Na, na. Beruhige Dich«, sagte Ans:

»Meta hat eindeutige Indizien für Dich. Also. Erstens: Die Leiche von Erik Vermeulen und die drei Hundekadaver weisen am Kopf gleiche Verletzungen mit einem Totschläger auf. Zweitens: Sie konnte DNA von Erik in der Wunde von Belle, das ist, oder war, der helle Pudel, nachweisen. Drittens: Auch Franks Blut war am Totschläger. Außerdem lag der Totschläger relativ sauber am Tatort im Bad. Das ist unmöglich, denn wir hätten von allen Opfern etwas finden müssen, nur nicht von Frank Vermeulen. Nur kann sie bei ihm keine Totschlägerverletzung nachweisen und es gibt auch keine Anzeichen auf eine andere Betäubung. Ich vermute, die Totschlägerverletzung wurde durch die relativ große Austrittswunde am Hinterkopf sozusagen weggeschossen. Im Moment versucht Meta, ein

Schädelhirntrauma vor dem Schuss nachzuweisen, Sie wartet noch auf das CT.«

»Also eindeutig Mord. Und zwar ziemlich brutal und professionell,« konstatierte Matthijs:

»Wir suchen einen Profi. Bringt mir schnell diesen Skipper her!«

»Sein Name ist Jan Dekker. Er müsste jeden Moment hier sein.«

16

Pünktlich um 10 Uhr saß Kies im Café Kiebert. Er war sehr aufgeregt. Würde Hannah kommen? Oder etwa nicht? Kies hatte nur zwei Stunden bis zu seiner nächsten Schicht. Hannah betrat in diesem Moment das Lokal. Kies stand auf und winkte ihr zu.

»Hallo Hannah. Freut mich sehr, dass es klappt. Schließlich habe ich Wiedergutmachung zu leisten«

»Freut mich auch, Kies. Ich hoffe, Du hast Zeit mitgebracht, ich habe einen riesen Hunger!«

Kies lächelte: »Na, dann schauen wir mal, was die uns hier zu bieten haben.«

Er reicht ihr die Speisekarte. In diesem Moment fiel ihm ein schwerer Wagen auf, der direkt auf der anderen Straßenseite parkte. Zwei schwarzhaarige, junge Männer mit Bärten und Sonnenbrillen saßen darin und blickten zu ihnen herüber. Panik überkam ihn. Es waren zwei Angehörige des Cegunclans. Sie beobachteten ihn und nun hatten sie auch Hannah gesehen, die somit in Gefahr gebracht werden konnte. Kies hatte plötzlich Schweiß auf der Stirn.

»Hey Kies, was ist los? Hast Du ein Gespenst gesehen? Du bist ja plötzlich ganz blass.«

»Wie? Äh. Nein, mir ist nur gerade eingefallen, dass ich etwas im Büro vergessen habe, ich muss dringend einen kurzen Anruf machen, bitte entschuldige.« Kies zwängte sich an den Tischen vorbei zur Toilette. Im Vorraum rief er Ten an.

»Ten, zwei Cegun-Leute sind mir auf den Fersen. Sie beobachten mich. Schick eine Streife vor das Café Kiebert. Ein schwarzer Mercedes. Ich weiß nicht genau, welche der Cegun-Brüder das sind, aber ich kenne sie aus der Kartei. Ich bin in Begleitung und kann nicht handeln.« Kies ging zurück zum Tisch:

»Entschuldige bitte, Hannah. Das war sehr unhöflich von mir. Hast Du schon gewählt? Ich nehm' das Gleiche!«

»Die gesalzenen Heringe? Du magst so was zum Frühstück? Respekt!«

»Äh, wie?«

»Nein, nur Quatsch. Ich nehm' das Schlemmerfrühstück mit Lachs und Sekt. Das Teuerste eben. Ich denke, Du zahlst?«

Hannah lachte. Es machte ihr Spaß, das verdutzte

Gesicht von Kies zu sehen, fast so wie vorgestern morgen. Kies schien nicht sauer zu sein, wenn sie ihn auf den Arm nahm. Das gefiel ihr. Er lachte herzhaft und hatte die Cegun-Brüder schon wieder vergessen. Hannah schafft es, ihn augenblicklich auf andere Gedanken zu bringen. Als er nach draußen sah, bemerkte er, dass eine Streife die Cegun-Brüder kontrollierte und aussteigen ließ. Die Jungs machten einen guten Job. Sie gingen extrem vorsichtig vor, waren zu dritt und nahmen die beiden kurzerhand fest. Im Auto hatten sie Waffen gefunden.

»Hey, was ist da draußen los?« Auch Hannah hatte die Polizeiaktion bemerkt und sah nach draußen.

»Anscheinend nimmt die Polizei jemanden fest. Sind aber bestimmt keine Falschparker.«

Hannah lachte: »Nein, die haben ja auch keine Fahrräder dabei.« Sie plauderten angeregt und genossen die Zeit im Café. Diese verging wie im Flug. Schon bald würde Ten Kies abholen.

»Hannah, ich hab das hier sehr genossen. Dass ich Dich getroffen habe, ist das Schönste, was mir seit Langem passiert ist«, sagte Kies gegen Mittag.

»Ähm, freut mich.« Hannah war nun doch etwas verlegen.

»Leider muss ich los. Ich würde Dich gerne wiedersehen. Darf ich dich einladen?«

»Schon wieder? Nee! Jetzt bin ich dran. Ich koche was für Dich, was magst Du gerne?«, fragte Hannah mit einem Lächeln.

Am späten Abend trafen sich Ans de Jong und Ten Kammerbrink zu einem Feierabendbier in ihrer Stammkneipe De Ebeling in Overtoom. Seit Studententagen waren sie hier gerne zu Gast und hatten hier auch ihren Abschluß ausgiebig gefeiert. Außerdem gab es hier ihrer Meinung nach die besten Burger und Flammkuchen in der Stadt.

Ans hatte Augenringe und sah sehr müde aus. Ten war wie immer frisch und gut gelaunt.

»Na, Ten, wie ist denn Dein neuer Chef? Hat ja den Ruf einer Legende!«, zog Ans seinen Freund auf.

»Er würde sagen, nach Feierabend red' ich nicht mehr über den Job!«, gab Ten zurück. Das befriedigte Ans Neugierde natürlich wenig.

»Komm schon, Alter, wie ist er?«

»Gut. Sehr kollegial, ganz anders als sein Ruf. Na ja, ein, zweimal hat er mich außen sitzen gelassen, wenn er auf Recherche ging, aber das ist halt sein Stil. Er ist sehr bemüht, mir alle Informationen zukommen zu lassen und transparent zu arbeiten.«

»Da hab ich aber anderes gehört.«

»Siehste mal, was die Leute so alles quatschen. Prost.«

»Prost, Ten.«

Ten sah Ans in die Augen:

»Und bei Dir? Du siehst ja aus, als hättest Du seit zwei Tagen nicht geschlafen. Habt Ihr einen interessanten Fall?«

»Sieht man mir das an?«, grinste Ans, »Ja das kann man wohl sagen. Ein Doppelmord in der Homoszene. Dazu drei tote Schoßhunde, quasi fünffacher Mord. Wir sind total unterbesetzt. Breuer hat Perkis um Unterstützung gebeten, die er ihm sofort verweigerte. Wir kommen mit den Zeugenbefragungen kaum rum, die beiden Toten waren ein Paar und unglaublich gut vernetzt. Einer war ein Makler mit Beziehungen zu den exklusivsten Kreisen. Du kannst Dir gar nicht vorstellen, wie diese Kreise sich zieren, eine Aussage zu machen. Bei uns kommen mehr Anwälte zu den Vernehmungen als Polizisten Dienst haben. Einziger Lichtblick und scheinbar normaler Mensch war der Skipper Jan von der Amsterdam Boat Rental.«

»Oh, Mann. Das ist nicht lustig. Habt ihr schon eine Spur?« Ten war neugierig.

»Na ja, ein weißer Mercedes, ziemlich neu, ziemlich teuer, und drei Fahrgäste wären für uns interessant. Wurden zwar nicht am Tatort gesehen, wären aber wichtige Zeugen. Leider haben wir kein Kennzeichen. Der Skipper konnte aber eine einigermaßen gute Beschreibung der letzten Kunden und des Fahrers abgeben. Morgen will ich raus finden, wer das ist.«

Ein breites Lächeln erschien auf Tens Gesicht:

»Siehst Du, Ans. Du kannst den Abend heute als Dienstzeit verbuchen. Ich überlege gerade noch, ob wir unser Bier als Spesen aufschreiben.«

»Hä?«

»Ich kenne den Fahrer und weiß, wo die drei in das Auto eingestiegen sind. Und morgen wird dieser Fahrer verhaftet. Ich geb' sofort Kies Bescheid, damit Ihr gleich zum Verhör von Alawi dazukommen könnt.«

Ten zog sein Handy aus der Tasche und schrieb eine kurze Nachricht an Kies.

»So, und jetzt: Wer ist denn heute alles hier? Schau mal da drüben am Tresen. Die beiden Mädels kennen wir doch. Los, wir sagen mal Hallo.«

Ans sah Ten müde an.

»Ernsthaft? Morgen früh um 6 muss ich im Büro sein. Ich müsste dringend mal pennen.«

Ten lachte: »Zu Hause?«

17

Im Hauptquartier der Amsterdamer Polizei herrschte Hochbetrieb. Alles an verfügbarem Personal war
angetreten, um an den angekündigten Aktionen teil-
zunehmen. Jeder hatte seine Uniform, seine persönliche Schutzausrüstung und seine Waffen überprüft und
angelegt. Der gesamte Polizeiapparat holte an diesem
Morgen zum Schlag aus. Trotzdem fuhren die Einsatz-
fahrzeuge ganz normal aus den Ausfahrten zur Elandsgracht und Marnixstraat. Man wollte nach Aussen den
Eindruck eines normalen Arbeitstages bei der Polizei erscheinen lassen. Streifenwagen und Zivilfahrzeuge
wechselten sich mit Mannschaftswagen ab. Alle zwei
Minuten kam der nächste Schwung heraus und begab
sich umgehend in Richtung seines Zieles.

Kies und Ten fuhren wieder in ihrem dunkelblauen
Passat, während sich die anderen beiden Teams seiner Ermittlungsgruppe bereits vor Ort befanden. Dazu kam noch ein Arrestatieteam in einem schwarzen

Mercedesbus und ein Streifenwagen mit drei Beamten. Es war 6 Uhr 15. Die Zugriffe sollten zeitgleich um 6 Uhr 55 erfolgen.

Alle verfügbaren Arrestatieteams des Landes waren zusammengezogen worden. Der erste Hoofdcommissaris ging ein hohes Risiko ein, falls ausgerechnet heute morgen irgend eine andere Notlage dazu kam. Deswegen war die Einsatzzeit der Teams heute morgen auf maximal eine Stunde begrenzt. Kies rechnete aber damit, dass die Festnahme Alawis höchstens 10 Minuten dauern würde. Die Fahrt dauerte 25 Minuten und die Kollegen vor Ort wiesen die Beamten ein.

Alawi war seit gestern Abend, 23 Uhr, nicht mehr aus der Wohnung gegangen. Kies dachte kurz daran, seiner alten Bekannten im Parterre erstmal einen Besuch abzustatten, aber dazu war die Zeit zu knapp. Er würde sie hinterher befragen und sich bei ihr für seine Aktion vor zwei Tagen entschuldigen.

6:50. Das Arrestatieteam war im Treppenhaus in Stellung gegangen. Langsam schlichen sich die Beamten nach oben. Zwei Mann gingen am dritten Stock vorbei, um von oben zu sichern. Kies und Ten blieben im Hintergrund, während das »Rammteam« vor der Wohnungstüre in Stellung ging. 6:55. Kies gab den Befehl: »Los!«

Zwei Mann rammten die Türe auf, brüllten laut: »Polizei« und warfen eine Blendgranate in die Wohnung. Dann stürmten sie hinein und sicherten nacheinander die Räume.

»Sicher!«, riefen sie abwechselnd nach jedem Zimmer.

»Kies! Hierher!« Einer der Spezialbeamten winkte Kies in den hintersten Raum der Dreizimmerwohnung.

Alawi lag mit einem Kopfschuss auf seinem Bett.

18

»Dieser Zeuge fällt leider aus«, meinte Kies zu Ans und Matthijs, als sie sich wenig später im Polizeipräsidium trafen. Ten nickte, wusste aber, dass nun sehr unangenehme Fragen an ihr Team gestellt werden würden.

»Wieso konnte das passieren? Alawi wurde doch observiert. Wer hatte Dienst, als Alawi erschossen wurde?«, fragte Matthijs Breuer. Kies war klar, dass er als Teamleiter verantwortlich war.

»Unsere Leute waren rund um die Uhr an Alawi dran. Vor dem Haus war natürlich niemand, als Alawi unterwegs war. Leider konnten wir nicht in die Wohnung sehen, dazu reichte die richterliche Anordnung nicht aus. Immerhin ging es bei Alawi ja offiziell lediglich um häusliche Gewalt.« Kies machte eine Geste für Anführungszeichen. »Der Killer muss sich Zugang verschafft haben, bevor Alawi nach Hause kam. Aber es gibt ein Problem mit dem Protokoll.«

»Welches Problem, Kies?«, Breuer horchte auf.

»Es ist weg.«

»Wie, weg?«

»Die Daten sind unauffindbar. Weder die Protokolle noch die Bilder sind im Computer. Wir haben schon die Fachinformatiker darauf angesetzt, sie können keine Protokolle rekonstruieren. Normalerweise ist es nicht möglich, dass gar nichts mehr zu finden ist. Es gibt nur noch ein paar Bilder auf der SD-Karte der Kamera von Ten.«

»Und ich bin echt akribisch mit den Daten, ich habe jeden Abend die Aufzeichnungen der Kollegen und die dazugehörigen Bilder abgespeichert. Hundertprozentig«, gab Ten zu verstehen.

»Dann muss jemand hier im Hauptquartier alles gelöscht haben!«

Alle blickten auf zu Meta, die gerade ins Besprechungszimmer kam und sagte: »Wir haben einen Maulwurf hier im Haus!«

Kies nickte.

»Es spricht einiges dafür. Immer, wenn wir jemanden Wichtiges im Visier haben, passiert etwas. Alawi wäre ein wichtiger Zeuge und ein Verdächtiger gleichzeitig gewesen. Kurz vor dem Zugriff wird er ermordet. Mich erinnert das stark an die Geschichten um den Kormoran. Zeugen sterben, oder verschwinden spurlos.«

Matthijs Breuer sah Kies an.

»Hör mal Kies, das ist doch ein Hirngespinst mit diesem Kormoran. Niemand hat irgendwas ausgesagt, was die Existenz dieser Figur oder einer Organisation bewiesen hätte. Nicht umsonst hat Perkis die Sache beendet.«

»Ja genau, Perkis.« Kies' Miene verfinsterte sich. »Jedenfalls muss ich zu ihm und ihm das mit den Protokollen melden.«

»Was ist mit welchen Protokollen, Van Beek?« Genau in diesem Moment war Hoofdcommissaris Perkis in den Raum getreten. Man hatte den Eindruck, dass er schon länger vor der Tür gestanden hatte.

»Guten Morgen, Herr Hoofdcommissaris. Ich wollte gerade zu Ihnen.«

»Ich bin bereits im Bilde, van Beek!« Perkis hatte einen hochroten Kopf:

»Kommen Sie mit!«

»Ok, Leute. Alle Ergebnisse der KTU sofort auf meinen Schreibtisch!«, sagte Kies zu seinen Mitarbeitern und stand auf. Wortlos ging er hinter Perkis her.

»Das kann ja heiter werden«, dachte er sich. Es würde Perkis ein persönliches Fest sein, ihm das totale Versagen vorzuhalten.

Perkis ging vor und hielt Kies die Türe zu seinem Büro auf:

»Bitte!«, sagte der Vorgesetzte kühl. Kies trat ein.

»Setzen Sie sich!«

Kies setzte sich auf den Besucherstuhl gegenüber seines Vorgesetzten.

»Herr Hoofdcommissaris...«, wollte Kies beginnen, um die Flucht nach vorn anzutreten.

Aber Perkis stoppte Kies indem der die Hand hob und flüsterte:

»Denken Sie, was ich denke?«

Kies sah Perkis an.

»Was...?«

»Es ist nicht möglich, die Daten einfach so zu löschen. Das ist doch klar, oder? Ich glaube nicht, dass Sie und ihr Team versagt haben, Ihr seid doch keine Anfänger. Wir haben hier einen Maulwurf. Einer von uns hier im Haus ist mit dem Kormoran im Bund. Oder ist selbst der Kormoran.«

Kies sagte nichts.

»Ich denke, dass es auf jeden Fall irgendeine Verbindung von hier zu irgendeinem Drahtzieher gibt«, referierte Perkis weiter, »Ob das nun der Kormoran oder irgendeine Organisation oder ein Clan ist, kann ich nicht beurteilen. Wir müssen herausfinden, welchen

Sinn Alawis Tod gehabt hat. Was machte ihn zum Risiko? Wer wollte hier auf Nummer Sicher gehen? Scheinbar steht Alawis Ermordung in direktem Zusammenhang mit dem Tod des Ehepaares Vermeulen. Das ist unsere einzige Spur.«

»Das denke ich auch.« Kies war einigermaßen überrascht, wie schnell Perkis wieder entspannt war.

»Ehrlich gesagt, ich hatte jetzt ein anderes Gespräch erwartet. Sie hätten mich auch abservieren können.«

»Hätte ich das? Was, wenn Sie der Kormoran sind? Oder ich?« Perkis wurde wieder aufgeregt.

»Wie bitte?«

»Ich meine damit, dass wir niemandem trauen können. Im Moment jedenfalls. Nicht den Kollegen und keinen Freunden. Dass ich die Ermittlungen zum Kormoran eingestellt habe, hatte einen einzigen Grund: Damit er sich sicher fühlt und vielleicht einen Fehler macht.« Perkis sah Kies mit einem seltsamen Blick an und fuhr fort:

»Jedenfalls stimmt hier etwas nicht. Wir haben auch bei den anderen Verhaftungen nichts gefunden, aber wirklich gar nichts. Keine Drogen, keine Waffen, nicht mal größere Summen Geld. Wir müssen die meisten wahrscheinlich nach 24 Stunden wieder laufen lassen. Was meinen Sie, was mir der Generalstaatsanwalt erzählen wird? Er wird toben. Wir haben völlig ins Leere gegriffen und das, obwohl wir doch alle Informationen sorgsam geprüft und die Verhaftungen geplant hatten.«

19

Kies saß an diesem Abend wieder in seiner Stammkneipe und wartete auf seine Freunde. Es war noch verhältnismäßig früh und Kies hatte gerade sein erstes Bier getrunken, als eine SMS auf seinem Handy erschien.

»Ich kenne den Kormoran«, lautete die Botschaft eines unbekannten Absenders.

»Ach was!« schrieb Kies zurück. So ein Quatsch, da macht sich jemand lustig. Warum sollte mir jemand einfach so Informationen geben, dachte er sich. Dann bekam er aber Zweifel.

»Wer sind Sie?«, schreib Kies weiter.

»Ein aufrichtiger Freund! Kann ich Sie treffen?«

Kies überlegte.

»Ja.«

»Alleine!«

War ja klar. Wie immer. Und am Ende eine Falle. Aber wenn nicht? Kies dachte eine Weile nach. Er legte das Handy auf den Tresen und bestellte noch ein Bier.

Neeltje, die Bardame sah ihn an:

»Was is los, Kies, hast Du ein Gespenst gesehen?«

»Ne, ne, alles gut!«, antwortete Kies und nahm das Mobiltelefon wieder in die Hand.

»OK!« schrieb er. »Wann und Wo?«

»In einer Stunde,« kam die Antwort, »Rembrandpark 52.366104, 4,848105«

»Werde da sein«, schrieb Kies.

Eine weitere Antwort kam nicht.

Kies bezahlte das Bier, stand auf und ging. Es waren etwa zwei Kilometer bis zum Rembrandpark. Die GPS Daten wiesen auf eine Brücke im nördlichen Teil des Parks. Kies wollte so schnell wie möglich dort hin. Mit dem Rad konnte er innerhalb von wenigen Minuten da sein.

Kies fuhr auf dem schnellsten Weg zum Rembrandpark. Nach wenigen Minuten war er da. Er passierte die angegebene Stelle, fuhr aber weiter über die nächste Brücke. Etwas weiter außer Sicht der Stelle stellte er sein Fahrrad ab und ging langsam wieder zurück. Außer ein paar Joggern war niemand da, das Frühlingswetter hatte eine Pause eingelegt und es nieselte leicht. Es war schon fast dunkel. Nur ein paar Laternen erleuchteten den Weg. Nun passierte er die Stelle erneut. Bis zum vereinbarten Zeitpunkt dauerte es noch 40 Minuten.

»Ich bin doch echt zu blöd«, dachte sich Kies, »Da nimmt mich doch jemand auf den Arm.« Gerade als Kies zum Rad zurück wollte, sprach ihn eine junge Frauenstimme von hinten an.

»Zu früh, Herr Commissaris.«

Kies drehte sich um. Die Frau war klein und zierlich, mit Joggingkleidung bekleidet, die schwarzen langen Haare zum Zopf gebunden dazu trug sie ein lila Stirnband.

»Wer sind Sie?«

»Gehen wir ein Stück?« Die Frau drehte sich um und ging einfach los. Kies holte sie ein und hielt sie am Arm fest.

»Was soll das?«, sagte er zu ihr.

»Loslassen, oder ich schreie! Wollen Sie eine Anzeige wegen sexueller Belästigung?«

Kies ließ los. Stellte sich aber vor die Frau:

»Ho, ho. Langsam. Was haben Sie mir zu sagen?«

»Ich kann Ihnen sagen, wo und wann Sie den Kormoran finden.« Kies sah die Frau an:

»Was? Der Kormoran existiert nicht. Es ist ein Name, der irgendwann mal verwendet wurde und nun wie ein Gespenst immer wieder genannt wird, wenn keiner weiß, wie er weitermachen soll!«

»Oh, doch. Ich weiß, dass es ihn gibt. Ich habe Aufträge für ihn ausgeführt.« Die Frau sah Kies an:

»Doch ich hab mich scheinbar getäuscht. Sie sind nicht der Superbulle, für den alle Sie halten. Sonst hätten Sie schon mehr in der Hand. Sie wissen gar nichts!«

»Also gut. Aber warum verraten Sie ihn? Sie wissen doch, er macht kurzen Prozess mit allen, die ihm gefährlich werden könnten.«

»Eben drum. Ich habe Angst. Egal ob man ihn verrät oder nicht, wenn man mit dem Kormoran in Kontakt ist, lebt man gefährlich. Dafür wird man allerdings unglaublich gut bezahlt. Es gibt kein finanzielles Limit.«

»Wie, kein Limit?«

»Ich kann alles haben, was ich will!«

»Wie geht das?«

»Eine schwarze American Express Card, zum Beispiel. Oder jede andere Kreditkarte der Welt. Ohne Limit.« Kies sah sie an:

»Das geben Sie auf? Auf die Gefahr hin, ermordet zu werden?«

»Glauben Sie mir, Geld ist super, aber Angst frisst die Seele auf!«

»Gut. Wie komme ich an den Kormoran?«

»Ich kenne seinen Namen nicht. Aber ich gebe ihnen einen sicheren Hinweis. Sie bekommen eine SMS, sobald ich genau sagen kann, wo und wann Sie ihn finden.«

»Gut. Ich werde Sie als Kronzeugin beim Staatsanwalt anmelden«, gab Kies zurück.

»Nein. Sie werden mich nie wieder sehen. Ich werde untertauchen und verschwinden. Sie finden mich, wenn überhaupt nur, wenn ich tot bin.«

»Wie heißen Sie?«, wollte der Kommissar wissen.

»Keine Namen! Nennen Sie mich Lila. Und nun Adieu, Herr Commissaris!« Die Frau wandte sich zum Gehen um. Aber Kies hielt sie am Arm fest.

»Moment! Woher weiß ich, dass ich Ihnen vertrauen kann? Das ganze klingt mir nach einer Falle.«

Lila sah Kies direkt in die Augen.

»Gar nicht, Kies. Sie können niemandem vertrauen. Aber für mich sind Sie eine Chance, dem Kormoran zu entkommen, wenn Sie es nicht allzu dumm anstellen. Machen Sie's gut!«

Sie entwand sich seinem Griff und joggte den Weg entlang davon. Kies sah ihr nach und unterdrückte den Impuls, sie zu verfolgen. Er schwang sich auch wieder auf sein Fiets und fuhr nach Hause.

20

In der Johann-Cruyff-Arena herrschte eine unbeschreibliche Stimmung. Ajax stand mit einem Bein im Finale. Es stand 1:0 für Ajax Amsterdam gegen die Tottenham Hotspurs im Rückspiel des Champions-League Halbfinales. Gijs grinste unentwegt und klopfte seinen Freunden immer wieder auf die Schulter. Plötzlich vibrierte das Mobiltelefon von Kies. Im gleichen Moment fiel das 2:0 und der ganze Block flippte aus! Kies und seine Freunde wurden beinahe von den Füßen gerissen. Es dauerte einige Minuten, bis sich die Stimmung soweit gelegt hatte, dass Kies auf sein Mobiltelefon sehen konnte. Kies sah, dass eine SMS von Lila gekommen war.

Die Nachricht bestand nur aus einem Sitzplatzcode: »A 25/13« Das war also der Hinweis der zum »Kormoran« führten sollte. Was konnte Kies jetzt tun? An die Kollegen weitergeben und riskieren, dass einer der Spitzel des Kormorans diesen warnte? Oder erst mal nachsehen, wer denn da sitzt? Kies entschied sich für das Letztere.

Bis zur Halbzeit waren es noch etwa acht Minuten, Kies rief Gijs ins Ohr, dass er mal pissen müsse und dann Bier holen wolle. Gijs sah ihn an, deutete mit einem fragenden Blick auf seine Uhr und schüttelte lachend den Kopf. Aber Kies zuckte bloß mit den Schultern und ging rasch Richtung Blockausgang. Zum besagten Block waren es etwa vier Minuten, da aber nun kurz vor der Halbzeit doch einige Leute ihre Plätze verließen, herrschte großes Gedränge. Kies verschaffte sich mit seinem Polizeiausweis Zutritt zu Block A .

Halbzeit.

Im Stadion brach Jubelgeschrei und Beifall aus. Kies drückte sich gegen den Strom der Menschen die Blocktreppe hinunter. Er ging aber nicht direkt zu Reihe 25, sondern zum Ende des Blocks nach unten. Von dort zählte er die Sitze ab und sucht aus einiger Entfernung den Sitzplatz Nr.13. Zu seiner Enttäuschung war der Sitz aber leer. Kies musste also warten, ob der Besitzer zurückkam. Kies drückte sich an der Balustrade herum und wartete. Die Zeit verging langsam und gegen Ende der Halbzeitpause füllten sich die Ränge erneut. Allerdings fiel jetzt mehr und mehr auf, dass Kies nur so herumstand und gar keinen Platz hatte, denn das

Stadion war natürlich komplett ausverkauft.

Der Platz 13 war immer noch leer. Kies konnte nicht länger warten, ohne aufzufallen und ging wieder Richtung Ausgang. Auf der halben Treppe drehte sich Kies nochmal um und sah in das Rund der Arena. Ein wirklich atemberaubender Blick. Gerade als er weitergehen wollte, sprach ihn eine bekannte Stimme an:

»Van Beek! Was machen Sie denn hier? Haben Sie mich gesucht?«

Kies sah auf und erkannte Hoofdcommissaris Perkis vor sich stehen.

»Äh, nein, ja, ich ..«

»Na raus mit der Sprache, es geht nämlich gleich wieder weiter«, rief Perkis gut gelaunt.

»Wir haben einen Hinweis auf den Kormoran«, sagte Kies und biss sich aber gleich auf die Lippen, denn er wollte das vorerst eigentlich für sich behalten.

»Aber doch nicht jetzt und hier! Heute habe ich frei und möchte mal für einen Abend nur Fußball genießen. Das muss bis morgen warten!«

»Jawohl, Herr Hoofdcommissaris. Ich melde mich dann morgen früh bei Ihnen.«

»Machen Sie das, Van Beek!«

Perkis ging weiter zu Reihe 25, Kies drehte sich nochmal um und sah wie sich Perkis auf Platz 13 setzte.. Warum wunderte sich Kies jetzt nicht? Perkis war ihm schon immer unsympathisch gewesen, allerdings hätte Kies nie gedacht, dass Perkis ein Doppelleben führen könnte. Durch Kies' Auftauchen hier in Block A würde Perkis bestimmt zum Handeln gezwungen sein, denn bisher hatte der Kormoran beim kleinsten Hinweis, oder auch nur bei wager Ahnungen von Verrat, die entsprechenden Personen sofort beseitigt. Konsequent, radikal. Kies war in Lebensgefahr. Bestimmt waren Gehilfen des Kormorans jetzt auf ihn angesetzt worden. Ob ihm hier im Stadion schon Gefahr drohte, war unklar, aber nicht auszuschließen. Bei dem schwulen Pärchen hatte es vermutlich vom ersten Verdachtsmoment bis zur Ermordung nur wenige Stunden gedauert...

Kies sah sich um. Er konnte nicht zurück, das hätte womöglich seine Freunde gefährdet. Er musste so handeln, wie es der Kormoran nicht erwarten würde. Kies blieb nur die Flucht nach vorn. Er würde die Sache hier und jetzt beenden. Die Pause war nun fast vorüber und Kies musste handeln. Doch welche Beweise hatte er? Eine anonyme SMS? Nein, Perkis musste sich selbst verraten. Kies musste an das Handy von Perkis kommen, das könnte der Beweis sein. Er ging nochmal zurück zum Eingang des Blocks und sah zu Perkis hinunter. Da war hinter Perkis ein Platz frei. Das war ein Wink des Schicksals und ein ungeheuerlicher Glücksfall. Kies rannte zum Getränkestand und holte 2 Bier. Damit lief er so schnell er konnte zurück. Als er im Block angekommen war, ging ein lauter Lärm durch das Rund: Der Anschlusstreffer der Tottenham Hotspurs! Kies erschrak, ahnte aber, dass Perkis nun abgelenkt war. Kies ging durch Reihe 24 und setzte sich hinter Perkis.

»Herr Hoofdcommissaris!« Perkis sah sich verwirrt um.

»Van Beek! Was zum..«

Grinsend reichte Kies ihm einen Becher Bier.

»Hier, eine kleine Wiedergutmachung. Ich hoffe, unsere Jungs lassen sich jetzt nicht ins Bockshorn jagen!«

Perkis nahm den Becher, nickte und drehte sich wieder um.

»So kann ich Dich wenigstens im Auge behalten«, dachte Kies. Perkis war sichtlich verwirrt, trank aber aus dem Becher und sah sich weiter das Spiel an. Die Chancen für die Spurs wurden mehr und mehr und Ajax geriet zunehmend unter Druck. Der Anschlusstreffer hatte sich bereits angekündigt und war vorher bereits nur durch den hervorragenden Keeper von Ajax vereitelt worden. Das Spiel drohte zu kippen.

Tor Tottenham! 2:2!

Wieder Lucas Moura. Im Block herrschte helle Aufregung, Perkis warf seinen halb gefüllten Becher auf den Boden und fluchte. Auch Kies war entsetzt, dachte aber nun auch daran, wie er an das Handy von Perkis kommen konnte. Jetzt ging es hin und her. 63.Minute: Blind zieht knapp über das Tor, wieder springen alle Ajax-Fans auf. Kies ließ sich auf Perkis fallen und rempelte ihn an. Dabei verschütte er den Rest seines Bieres über seine eigene Jacke. Er hielt sich bei Aufstehen an Perkis fest und griff ihm dabei in die Jackentasche. Schnell ließ er Perkis Handy in seine eigene Tasche gleiten.

»Verzeihung, Chef, das war sehr ungeschickt von mir. Aber was ist denn das? Nee, niet dat!«, rief Kies laut. Auf dem Spielfeld war bereits die nächste Großchance der Spurs nur knapp neben dem Tor gelandet.

»Verdammter Mist, ich seh' ja aus wie vollgepisst«, sagte Kies, »Ich muss mal eben zur Toilette.«

Perkis sah Kies verächtlich an und zuckte mit den Schultern als wenn er sagen würde:

„Was für ein Idiot!"

Kies lief eilig zum Blockausgang. Er kontaktierte Ten, der in einem Einsatzwagen vor dem Haupteingang stand. Kies würde in wenigen Minuten da sein.

Seitlich neben dem Hauptportal auf dem Platz für Polizeifahrzeuge stand Ten Kammerbrink mit einem Polizei PKW und wartete am Steuer auf Kies. Dieser lief schnell zum Auto und setzte sich auf den Beifahrersitz.

»Ich hab das Handy von Perkis«, sagte er zu Ten.

»Was? Wieso?«

»Ich habe den Hinweis bekommen, dass er der Kormoran ist und auf seinem Handy müssten wir den Beweis dafür finden. Leider ist es passwortgeschützt.«

»Macht nichts, ich kenne das Passwort,« grinste Ten, »18 03 19«

»Das ist das Gründungsdatum von Ajax. Woher weißt Du das?«

»Ich habe einmal gesehen, wie er es eingetippt hat. Und ich habe das Problem, dass ich mir Zahlenkombinationen sehr einfach merken kann.«

»Problem?«

»Na ja, wer will schon alle möglichen Zahlen im Kopf haben?«, grinste Ten.

»Hier, die letzte SMS im Ausgang: KVB eliminieren!«

Kies sah Ten an:

»Schreib sofort: Kommando zurück, KVB nicht eliminieren!«

In diesem Moment sah Kies im rechten Augenwinkel

einen etwa 30 Meter entfernten Mann mit einer Pistole der auf ihn zielte. Er konnte aber nicht reagieren, denn der Schütze drückte in der selben Sekunde ab. Das Projektil durchschlug die Seitenscheibe, streifte Kies Stirn und blieb im linken Seitenholm des Wagens stecken. Kies fühlte einen Schlag gegen den Kopf und einen brennenden Schmerz. Er sackte nach vorne und blutete stark. Ten sprang aus dem Wagen und suchte Deckung. Er atmete heftig und versuchte der aufkommenden Panik Herr zu werden. Mit gezogener Waffe spähte er über die Motorhaube und versuchte, den Schützen ausfindig zu machen. Es hatte keinen Knall gegeben, nur das Platzen der Scheibe hatte einige Passanten stutzig gemacht. Verwirrt starrten sie in Richtung des Polizeiwagens. Der Mann war sofort in der Menge verschwunden.

Ten rief über Funk Verstärkung. Er rannte zur Beifahrertüre und riss sie auf. Er schrie Kies an und schüttelte ihn an der Schulter. Kies war bei Bewusstsein, hob nur den rechten Daumen und murmelte:

»Verdammte Scheiße!«

21

Gleich in der Nähe stand ein Ambulanzwagen, so dass Kies umgehend versorgt werden konnte. Er hatte großes Glück gehabt, die Kugel hatte seine Stirn nur gestreift und war im linken Seitenholm des Autos stecken geblieben. Sie hatte aber oberhalb der rechten Augenbraue eine stark blutende Wunde verursacht, die ein Notarzt an Ort und Stelle mit acht Stichen genäht hatte.

»Sie sollten auf jeden Fall ins Krankenhaus fahren und sich beobachten lassen, Kopfverletzungen sind immer mit Vorsicht zu behandeln! Ich nehme an, dass Sie eine Gehirnerschütterung erlitten haben«, mahnte der Arzt. Kies sah Ten an, der neben ihm im Krankenwagen stand:

»Mein Kollege fährt mich hin, das Spiel ist eh gleich aus und dann kann ich es wenigstens noch im Radio zu Ende verfolgen.«

»Gut, dann aber auf eigene Gefahr! Wenn Sie sich

nicht schonen, könnte die Wunde wieder aufgehen. Auf jeden Fall gibt es eine schöne Narbe.«

»Danke, Doc. Haben Sie noch was Anständiges gegen die Kopfschmerzen?«

Der Arzt gab Kies noch ein paar Tabletten mit der Warnung, heute aber nur noch eine zu nehmen und auf keinen Fall mehr selber zu fahren oder Alkohol zu trinken. Dann gingen Kies und Ten zum Auto.

»Fahr los, Ten, aber nicht zum Krankenhaus. Ich bin da nicht sicher. Ich muss untertauchen.« Ten sah Kies fragend an, nickte aber dann zustimmend.

»Hm. Wo willst Du hin?«

»Ich muss alleine weiter, hast Du ein Auto für mich?«

»Na ja. Nicht direkt. Aber fahren wir erst mal zu mir nach Hause.« Auf dem Weg zu Tens Elternhaus in Waardhuizen hörten sie im Radio, wie Ajax in der Nachspielzeit das Spiel verlor. Kies war hundemüde, aber der Fahrtwind durch das offene Fenster hielt ihn wach.

In der Siedlung im Südwesten Amsterdams wohnte Familie Kammerbrink in einem typischen Reihenhaus mit Klinkerfassade. Ten parkte in der Einfahrt.

»Moment, Kies. Ich hol schnell mein Moped.«

»Was? Ein Bromfiets?«

Ten schob das Garagentor auf und holte ein altes,

aber sehr gepflegtes Moped heraus.

»Hier ich überlasse Dir mein Schätzchen, pass gut darauf auf!«

Kies sah ihn entgeistert an:

»Na toll. Wie soll ich denn damit heute Abend noch irgendwo hinkommen?«

»Das Ding läuft gut 80 Sachen. Damit bist Du schnell unterwegs. Ich hab noch einen etwas größeren Jethelm da, der passt sicher gut über den Kopfverband.«

»Lass mich raten, von einer Freundin mit gewaltigem Afrolook. Oh Mann, das Ding ist ja rosa.«

»Sieht man in der Nacht doch eh' nicht. Und außerdem hast Du echt andere Probleme. Wo willst Du eigentlich hin?«

Kies sah Ten lange an:

»Hör mal Ten. Ich danke Dir für Deine Hilfe, aber ich mach' ab hier alleine weiter. Ich muss erst mal Luft holen und nachdenken. Ich melde mich.«

So fuhr Kies mit seinem nach Bier stinkenden grünen Parka, darunter ein blutbesudeltes Ajaxtrikot, einem rosa Jethelm über einem Kopfverband, aus dem Blut sickerte, auf Tens 70er Jahre Moped im einsetzenden Nieselregen davon.

Im Haus der Kammerbrinks brannte Licht und in der Haustüre erschien Tens Mutter:

»Ten? Bist Du das? Wer ist denn da bei Dir?«

»Hallo, Maam. Nur ein Kumpel, der sich mein Moped ausgeliehen hat, ist aber schon weg. Gibt's noch was zu Essen?« Ten gab seiner Mutter beim Hineingehen einen Kuss auf die Wange.

»Wir haben Dir was aufgehoben, Dein Vater ist schon zu Bett.« Das war eher eine rhetorische Aussage, denn Tens Vater war seit einem Schlaganfall schon fast 2 Jahre bettlägrig.

»Schläft er schon? Ich seh' mal nach ihm.«

»Sag mal, Junge. Bekommst Du denn keinen Ärger wegen des Dienstwagens?«, fragte Mutter Kammerbrink, als Ten sich die Hände wusch.

»Wieso?«

»Weil es aus Eimern regnet und das Seitenfenster offen ist.«

22

Kies fuhr schon eine halbe Stunde durch den Regen und war, eingelullt durch die Schmerztabletten und das eintönige Brummen des 2-Takters, nahe daran einzuschlafen. Es war kalt und Kies hatte keine Handschuhe. Aber bis zu seinem Ziel waren es nur noch wenige Kilometer.

Er hatte sich zunächst überlegt, noch schnell zu Hause ein paar Sachen einzupacken, aber das war ihm dann doch zu riskant vorgekommen. Er wollte auch niemanden von seinen Freunden kontaktieren, damit keiner in Gefahr gebracht wurde. So hatte er beschlossen, die Nacht zunächst auf seinem Boot zu verbringen. Seit drei Jahren war er nicht mehr dort gewesen. Es stand aufgebockt auf einem Landplatz im Naardener Yachthafen. Kies dachte, es wäre für die nächsten Stunden das perfekte Versteck, da es nicht unter seinem Namen registriert war, Gijs hatte es nach dem Tod von Kies' Angehörigen übernommen und vorher war es das Boot seiner Frau. Kies tauchte in den Aufzeichnungen nicht auf. Aber Gijs hatte immer gesagt, das Boot wird zu gegebener Zeit wieder wichtig für Kies werden.

Heute war es soweit. Kies hatte gegen 1 Uhr nachts den Yachthafen erreicht und das Moped außen am Zaun abgestellt. Das Tor war verschlossen und so kletterte Kies an einer schlecht beleuchteten Stelle über den Zaun. Es regnete immer noch. Kies fand das Boot, löste die Plane am Heck und kletterte in das Cockpit. Unter der Plane war es stockdunkel. Er leuchtete mit seiner Handytaschenlampe, um den Schlüssel zu finden, der immer unter dem Rand der vorderen Luke versteckt gewesen war. Dazu musste er auf dem Boot unter der Plane entlang kriechen. Es war ein traditioneller Plattbodensegler, der innen sehr komfortabel ausgebaut war. Und tatsächlich, der Schlüssel war, zwar angerostet, immer noch da.

Kies schloss die Türe zum Niedergang auf und gelangte so in das Innere des Schiffes. Es roch sehr muffig und alles war leicht feucht und klamm. Kies ließ sich auf die Polsterbank sinken und fiel bald in einen unruhigen Schlaf.

23

»Kies, wach auf, der Kleine weint!« Eine sanfte Stimme flüsterte ihm ins Ohr: »Komm schon Du Faulpelz, Du bist dran. Ich will noch ein bisschen schlafen.« Kies blinzelte in die Morgensonne. Das Boot schaukelte leicht und er hörte ein Kind singen.

»Nur noch ein bisschen, ich hab grade so schön geträumt«, hörte Kies sich selbst murmeln. Dann schwankte das Boot plötzlich stark und ein Sturm toste vom einen auf den anderen Augenblick los. Es krachte und donnerte, Regen prasselte auf das Deck und die Kinderstimme war verschwunden. Kies stand plötzlich alleine am Ruder und kämpfte gegen den Seegang. Ihm war speiübel und er musste sich über die Reling übergeben. Dabei fiel er ins Wasser und tauchte unter.

Kies wachte auf und fühlte sich hundeelend. Er hatte neben die Sitzbank, auf der er geschlafen hatte, gekotzt. Es stank furchtbar. Sein Kopf dröhnte immer noch und sein Gaumen klebte am Rachen. Als er sich aufrichtete, wurde ihm schwindlig. Seine Jacke und Hose waren noch feucht und der Kopfverband war blutdurchtränkt.

In der Kajüte war es fast dunkel, nur wenig Licht schimmerte durch die Plane in die Fenster und Bullaugen.

»Ich muss hier raus!«, dachte Kies. Er kroch zum Ausgang und öffnete die Türe. Die frische Luft belebte ihn etwas. Kies kroch unter der Persenning aus dem Boot und lies sich außen auf den Boden gleiten.

Im Hafen gab es einen Waschraum, den er als erstes aufsuchte. Er entfernte den Verband und wusch sich vorsichtig. Die Naht hatte gehalten und die Blutung aufgehört.

Dann ging er zum kleinen Kiosk-Café im Yachthafen, in der Erwartung, jemanden ganz besonderen hier zu treffen. Schon an der Eingangstüre hörte er ein donnerndes Lachen. Ja, das war der Mann, den er gesucht hatte. Ein großer, leicht ergrauter, ansonsten rotblonder, vollbärtiger Mann stand vor dem Tresen und scherzte mit der Bedienung dahinter.

»Mädel, Du bist mir eine!« Wieder donnerte die laute Stimme des alten Seebärs:

»Was willst Du denn einem Seemann seinen Rum verbieten?«

»Hör mal Knut, es ist halb acht, musst Du denn da schon saufen?«

»Hahaha. Ein Grog hat doch nix mit Saufen zu tun. Außerdem hab ich heute Nacht gearbeitet, das ist sozusagen mein Achterschluck!«

»Achterschluck? Eine Ausrede der seefahrenden Alkoholiker!«, sagte Kies ruhig von hinten.

»Was? Wer redet denn da so dumm daher?« Der Seemann fuhr herum. Seine Augen funkelten angriffslustig.

»Hallo Knut, altes Kielschwein!«, sagte Kies grinsend.

»Kies van Beek!«, grunzte der Alte, »Wie siehst denn Du aus? Hast du ein bisschen gefeiert?«

Die beiden Männer umarmten sich und klopften sich auf die Schultern. Die junge Frau hinter dem Tresen sah Kies abfällig an:

»Na, Du brauchst auf jeden Fall einen starken Kaffee!« Kies nickte.

»Nur ein kleiner Unfall. Knut, ich muss Dich mal sprechen.«

»Na klar, ich hab Zeit.«

Kies erzählte Knut von Lis und seinem Sohn und gab vor, einen »kleinen Unfall mit dem Moped« auf dem Weg hierher gehabt zu haben. Er bat Knut um frische Kleidung und eine Dusche. Knut hatte eine kleine Wohnung oberhalb des Cafés, er war sozusagen Hafenmeister, Hausmeister und Wachmann des Yachthafens in einer Person. Seit einem Unfall war er sein Steuermannspatent los und so war er auf diese Stelle angewiesen, die ihm gute Freunde im Yachthafen verschafft hatten.

Kies ging nach einem kleinen Frühstück im Café mit in Knut's Wohnung und bekam nach einer ausgiebigen Dusche neben einem großen Pflaster für seine Stirn und einer Alkaselzer auch Kleider von Knut, die etwas maritim anmuteten. Zu einer hellen Hose gab er ihm einen dunkelblauen Wollpullover und eine Cabanjacke. In den Kleidern Knuts sah er aus wie sein kleiner Bruder. Das Pflaster versteckte Kies unter einer dunkelblauen Wollmütze und da er auch den Bart etwas getrimmt hatte, sah er bis auf die tiefen Augenringe, wieder einigermaßen menschlich aus. Seine nassen und blutbeschmierten Klamotten überließ er Knut, der sich angeboten hatte, beides bei der nächsten Gelegenheit für ihn zu waschen und dann zum Boot zu bringen.

»Hast Du was ausgefressen?« Knuts Frage kam für Kies überraschend.

»Nein. Ganz sicher nicht. Aber ich werde wahrscheinlich gesucht. Ist etwas kompliziert, ich will Dich da nicht mit reinziehen.« Kies kannte Knut seit 20 Jahren, er war sein Segellehrer, sein Saufkumpane und vor allem sein Freund. Dieser stellte nur eine weitere Frage:

»Brauchst Du noch was, Kies?«

»Kannst Du Dich um das Boot kümmern? Es müsste mal wieder ins Wasser. Und noch was: Ich hab die Kajüte vollgekotzt, ich muss aber weg.«

»Na geil, Kies. Nehme an, Du hast ne fette Gehirnerschütterung. Wird's denn gehen? Solltest Dich ausruhen und ein paar Tage untertauchen.«

»Keine Zeit. Ich muss jetzt was ganz Dringendes erledigen. Wenn jemand nach mir fragt, ich bin zurück nach Amsterdam.«

»Kannst Dich auf mich verlassen. Hab schon öfter Spuren von Orgien auf Yachten beseitigen müssen, is nix Neues für mich.« Knut grinste breit.

Als Kies wieder zurück zum Boot ging, zog er das Handy von Perkis aus der Tasche. Aus Angst, geortet zu werden, hatte er es ausgeschaltet.

Als er es jetzt startete, erschien wieder die letzte SMS des Killers.

24

Kies dachte nach. Er musste schnell handeln, und hatte auch gleich eine Idee. Wieder konnten ihm alte Bekannte helfen. Er schrieb:

»Planänderung: 13 Uhr Groote Kerk Naarden. Lohn bei Altarbibel.« Dann steckte er das Handy wieder ein und ging zurück ins Café. Dort fragte Kies nach etwas Papier und einem Schwung Bierdeckeln, die er mit dem Papier zu einen handlichen Päckchen packte. Mit diesem lief er zum Moped und fuhr sofort los. Bis 13 Uhr hatte Kies noch zwei Stunden Zeit, die Fahrt würde mit dem Moped höchstens 15 Minuten dauern. In Naarden stellte Kies das Bromfiets in einer Gasse neben der Kirche ab und lief über den Platz zum Haus des Küsters.

»Guten Morgen, Herr Hus. Kennen Sie mich noch?« Kies hatte an der Tür des Hauses der Familie Hus, das gegenüber der Kirche stand, geläutet und ein älterer Herr um die 70 hatte ihm geöffnet. Hinter ihm stand seine Frau, die Kies misstrauisch begutachtete. Der Mann sah ihn mit wachen Augen an und als er Kies erkannte, lächelte er.

»Herr van Beek! Das ist ja eine schöne Überraschung! Wo ist denn ihre Frau? Spielt sie immer noch Orgel? Das muss jetzt aber schon zwei, drei Jahre her sein, dass sie das letzte Mal hier war, um in der Kirche zu spielen, nicht wahr?«

»Ja, das stimmt. Darum bin ich hier.« Kies bemühte sich, keine Regung zu zeigen und lächelte. »Wissen Sie, ich komme, wie Sie sehen, vom Boot und meine Frau möchte gerne noch ein bisschen spielen, bevor wir wieder nach Amsterdam fahren. Meinen Sie, ich könnte für Lis den Schlüssel für ein bis zwei Stunden haben?«

»Hm. Schade, ich muss gleich mit meiner Frau zum Arzt. Aber später kommt noch das Cateringunternehmen, um die Kirche für das Konzert morgen Abend zu bestuhlen, nicht wahr? Hm... Wissen Sie was? Sie sind doch bei der Polizei. Ihnen kann ich ja vertrauen. Könnten Sie der Firma aufsperren? Das würde mir sehr helfen, dann können wir gleich nach dem Arzt noch zum Einkaufen fahren, nicht wahr? Und Ihre Frau könnte heute so lange spielen, wie sie will, wenn sie der Krach der Stühlerücker nicht stört.«

Kies lächelte: »Das wäre prima. Natürlich lasse ich

die Firma rein. Kommen Sie dann nach Ihren Besorgungen einfach zur Kirche, oder ich bringe den Schlüssel später wieder zu Ihnen zurück.«

Herr Hus war sichtlich erfreut:

»Das ist ein Geschenk des Himmels, nicht war? Hier sind die Schlüssel. Es ist alles noch genau so wie früher, der Schlüssel zum Haupteingang, zur Sakristei und der für die Orgel.«

Er überreichte Kies einen Schlüsselbund und einen einzelnen Schlüssel mit einem grünen Anhänger auf dem »Orgel« stand. Kies bedankte sich und verabschiedete sich bis später. Dann ging er demonstrativ gelassen über den Platz in Richtung Kirche. Am Fenster stand Frau Hus und blickte Kies mit finsterer Mine hinterher.

Kies schloss den Haupteingang der Kirche auf. Er lief in Richtung Altar, was eine Strecke von gut 40 Metern war, da die grote Kerk in Naarden, wie der Name schon sagte, sehr groß war. Es war halb 12 und Kies begab sich sofort zur Sakristei. Dort befand sich die Mikrofonanlage, die Herr Hus bei seinen ausführlichen Privatführungen Kies stolz präsentiert hatte. Kies schaltete sie ein. Er nahm sich ein Funkmikrofon aus dem Schrank und testete es. Wenig später hatte Kies das Päckchen unter der Altarbibel deponiert. Es würde den Abholer aber nur kurz in die Irre führen. Dann suchte er sich ein Versteck in der Nähe des Einganges und legte sich dort auf die Lauer. Es war ein guter Platz, in der Ecke hinter einigen Stellwänden und einem Vorhang, der über die ganze Wand gezogen werden konnte.

Kies rechnete damit, dass der Unbekannte früher kam, um ihn zu erwischen. Da Kies nun in der Kirche war, hatte er den Vorteil von außen zu beobachten, aufgegeben. Aber er konnte so den Verdächtigen besser sehen und hoffte, ihn dann auch überwältigen zu können. Das war zum einen extrem riskant, er hatte es mit einem Profi zu tun. Zum Anderen war wahrscheinlich die Amsterdamer Polizei bereits hinter ihm her, Perkis würde handeln müssen. Perkis, immer wieder kam er bei ihm an. Ihm kam der Vorgesetzte mittlerweile vor wie Dr. Jekyll und Mr. Hyde. Perkis hatte immer anders reagiert, als Kies erwartet hatte. Fast schon wie eine multiple Persönlichkeit. Cholerische Ausraster wechselten sekundenschnell in Sanftmut und Verständnis. Er konnte Perkis einfach nicht einschätzen. Wenn er wirklich der Kormoran war, dann musste er doch ein unheimlich aufwendiges Doppelleben führen. War dieser Perkis dazu überhaupt in der Lage? Jemand, der wegen Nichtigkeiten die Kontrolle verliert?

Und dann sofort wieder wie ein Vater die schützende Hand über einen hielt? Eigentlich unmöglich. Nein, Perkis war in seinen Augen ein Arsch gewesen, aber mittlerweile glaubte Kies, dass das Verhalten von seinem Vorgesetzten doch eher pathologische Züge aufwies. Dennoch...

Fast eine Stunde lang passierte nichts. Kies hing noch seinen Gedanken nach, als er hörte, wie jemand die Klinke der schweren Türe drückte und sie aufschob. Eine große, hagere Gestalt in einem beigen Mantel lief den Hauptgang entlang und sah sich dabei nach allen Seiten um. Beide Hände hatte der Mann in die Manteltaschen gesteckt.

Als der Unbekannte zum Altar kam, drehte er sich nochmal um und liess seinen Blick durch die Kirche schweifen. Dann trat er zum Altar und schob die Bibel beiseite. Als er das Päckchen nahm fluchte er:

»Verdomme!« Dann rief der Mann laut:

»Perkis! Komm raus!« Der Mann warf das Päckchen auf den Boden.

Kies schaltete das Mikro an:

»Hier spricht die Polizei! Nehmen Sie die Hände hoch und kommen Sie langsam in Richtung Ausgang. Wir machen von der Schusswaffe Gebrauch!«

Im ersten Moment nahm der Mann die Hände hoch,

begann aber dann zu lachen:

»Für wie blöd hältst Du mich?«

Er zog seine Waffe aus der einen Manteltasche und einen Schalldämpfer aus der anderen.

»Ich leg Dich um, wenn Du mich verarschen willst, das ist doch klar. Denkst Du, ich mache die Drecksarbeit für Dich und Du kannst mich dann abservieren?« Beim Sprechen schraubte er den Schalldämpfer auf die Mündung der großkalibrigen Waffe.

Kies dachte nach. Sein Bluff hatte versagt.

»Du hast versagt! Van Beek lebt!«, sagte er ruhig ins Mikro. Der Mann blieb stehen und sah sich um. Er konnte nicht erkennen aus welcher Richtung die Stimme kam, denn zu viele Lautsprecher waren in der Kirche installiert.

»Quatsch! Das kann nicht sein. Ich hab ihn in den Kopf geschossen!«

»Leider nur gestreift! Van Beek lebt. Und er hat Dich gesehen. Du bist ein Risiko!«

»Halts Maul, Perkis! Du bist der Kormoran, und ich leg Dich jetzt um. Dann gibt's kein Risiko!«

»Wie willst Du das beweisen? Niemand weiß, wer hinter den Morden steht. Deine Fresse wird bald auf allen Fahndungslisten sein. Du hast keine Chance. Selbst wenn Du mich erwischst. Ich hab mich abgesichert.

130

Aber ich schlage Dir ein Geschäft vor. Einen letzten Auftrag. Dann kannst Du abhaun.«

Der Mann sagte nichts. Er blieb nur stehen und schaute starr in Richtung Ausgang.

»Was ist? Hat es Dir die Sprache verschlagen?«, sagte Kies.

»Perkis, Du Drecksau!«

Durch die Fenster leuchtete Blaulicht und Polizeisirenen erklangen.

»Verdammt!«, schrie der Killer, »Du wolltest mich nur hinhalten!« Er schoss einfach in Richtung Türe, dann in Richtung Altar.

»Zeig Dich!«

Kies wurde es zu heiß. Er sprang aus seinem Versteck zur Türe und drückte sie auf. Der Killer schoss sofort und verfehlte Kies um Zentimeter. Kies zog die Türe zu und sperrte sie mit dem Schlüssel ab. Kugeln schlugen in die Innenseite der schweren Holztüre, konnten sie aber nicht durchdringen. Dann drehte er sich um und sah sich auf dem Platz einer ganzen Armada von Polizeifahrzeugen gegenüber.

»Van Beek! Legen Sie Ihre Waffe ab und nehmen Sie die Hände hoch!«

Kies hatte in der Hand aber nur das Mikrofon das er in der Luft schwang und rief:

»Keine Panik, Kollegen. Alles unter Kontrolle. In der Kirche befindet sich der mutmaßliche Täter der Grachtenmorde und der Mörder von Alawi.«

»Waffe weg!«, schrie einer der Beamten aufgeregt: »Sofort, van Beek!«

Kies legte das Mikrofon auf den Boden, erhob sich und griff langsam nach seiner Dienstwaffe, um sie auch auf den Boden zu legen. Das wiederum machte einen jungen Kollegen, der etwa 9 Meter entfernt stand und einen Taser auf Kies gerichtet hatte nervös, so dass er losbrüllte:

»Achtung Schusswaffe!«, und nur eine Sekunde später schrie: »Taser, Taser, Taser!«, und abdrückte. Aus der Elektroschockpistole wurden zwei Elektrodenpfeile an Drähten geschleudert. Die Spitzen bohrten sich durch Kies Jacke und Pullover und drangen in seine Haut. Ein heißer Schmerz durchfuhr ihn und er fiel zuckend und grunzend zu Boden.

Als er aufwachte, lag er in einem Krankenwagen. Er hatte sich in Folge der Taserattacke vollgepisst.

Neben ihm stand Jan Perkis.

25

Kies saß in einem Trainingsanzug der Amsterdamer Polizei in einem Vernehmungszimmer im 2.Stock des Headquaters an der Marnixstraat. Er war nach einem kurzen Kardiocheck im Krankenhaus und einer Nacht zur Beobachtung hierher gebracht worden. Er sah scheiße aus.

Kies dachte nach. Alles, was in den letzten Tagen passiert war, machte seiner Ansicht nach keinen Sinn. Es waren Dinge vorgefallen, die scheinbar einfach zusammenhingen und klar auf Perkis als »Kormoran« wiesen. Andererseits traute er Perkis so ein Spiel eigentlich nicht zu. Kies hielt ihn dafür einfach zu dumm. Zudem fehlten Kies noch einige Informationen. Zum Beispiel hatte man ihm nichts darüber gesagt, ob der Killer in der Kirche gefasst worden war. Ten hatte ihn überhaupt noch nicht angesprochen, nur beim Hereinführen hatte er ihn kurz gesehen und Ten hatte ihm nur zugenickt. Waren jetzt alle gegen ihn? Seine Sachen waren als Beweisstücke bei der KTU, Perkis Handy musste darunter sein. Alles Mögliche ging ihm durch den Kopf.

Da öffnete sich die Türe und Staatsanwalt Jaap de Groot und Jan Perkis kamen herein. De Groot grüßte Kies nur mit einem kurzen Nicken und hieß Perkis, sich zu setzen. Dann rief er nach Ten Kammerbrink. Dieser steckte aber nur seinen Kopf in den Türspalt und De Groot sagte zu ihm, dass man anfangen könne.

»Ihr Mobiltelefon, Herr Hoofdcommissaris, geben sie es Kammerbrink.«

Ten kam herein und nahm es an sich. Dann schloss Ten von außen die Türe und das Licht ging aus.

»Was zum...?« Perkis kam nicht weiter.

»Ruhe!« sagte de Groot. »Das ist eine Vorsichtsmaßnahme. Wir schaffen einen absolut abhörsicheren Raum, auch Bild und Ton sind aus. Im Beobachtungsraum nebenan ist nur der Kollege Kammerbrink. Es lässt dort laute Musik laufen. Die Scheibe hat er von der anderen Seite verhängt. Wir hoffen, das reicht aus.«

»Was? Wozu? Denken Sie, wir werden abgehört? Das ist doch lächerlich.«

»Es spricht einiges gegen Sie, Perkis. Da sind Botschaften auf ihrem Handy. Sehr seltsame SMS. Sie lassen annehmen, dass Sie der Kormoran sind. Außerdem gibt es eine Belastungszeugin.«

»Was? Bin ich jetzt verdächtig? Neben mir sitzt der Hauptverdächtige! Alle Spuren weisen auf Kies van Beek als Drahtzieher des Mordes an Alawi. Er ist geflüchtet. Er hat mein Handy gestohlen, und mir Botschaften untergejubelt. Er hatte Kontakt zu einem Auftragsmörder, er hat ihn als Einziger persönlich gesprochen. Wieso hat der Killer fliehen können? Wir konnten Blut in van Beeks Boot nachweisen. Er verfügt über ein ganzes Netzwerk an Helfern. Ein Küster, ein Hausmeister in einem Yachthafen. Anscheinend mehrere Helfer im Stadion. Der Kontakt zu einer Joggerin im Park, die unauffindbar ist. Mein Team hat viele Informationen über van Beek gesammelt, alles wichtige Indizien!«

»Verdammt, Perkis! Sie haben mich bespitzeln lassen? Seit wann? Das ist doch das Letzte! Wussten Sie davon, Herr Staatsanwalt?« Trotz der Dunkelheit war Kies aufgestanden und hatte sich mit beiden Händen auf den Schreibtisch gestützt.

»Beruhigen Sie sich wieder, Kies. Ja, ich gebe zu, dass ich es wusste. Aber ich habe nicht an ihre Schuld geglaubt und tue es immer noch nicht.«

»Was? Das ist ja die Höhe!« Perkis war nun auch aufgesprungen.

»Ruhe jetzt!« De Groot schlug einen strengeren Ton an. »Ich bin mittlerweile von Ihrer beider Unschuld überzeugt!«

Sich nicht gegenseitig ins Gesicht sehen zu können machte die Situation für alle schwierig. Es fehlte, des anderen Emotionen und Blicke deuten zu können.

»Bei allem Respekt, Herr Staatsanwalt. Was haben wir dann ermittelt und erarbeitet?«, wollte Kies wissen.

»Alles und nichts. Wir wurden dauernd in die Irre geführt. Wir haben Falschinformationen bekommen und unsere Daten, Gespräche, ja selbst unsere Videoaufzeichnungen wurden mitgehört und manipuliert.«

»Was? Wie?« Perkis war verwirrt: »Das kann doch nicht sein. Wir müssen mindestens einen Maulwurf, einen Verräter, unter uns haben. Was mich wieder zu Ihnen bringt, Kies!«

»Jetzt reicht's mir aber!« Auch Kies war nun sehr aufgeregt. »Wir haben nichts? Was ist hier los?«

»Mit wenigen Worten: Wir wissen es nicht! Aber zumindest wissen wir, dass irgendwie Daten nach aussen gelangt sein müssen. Auch das Handy von Ihnen, Herr Perkis, wurde manipuliert. Wie genau, ist noch nicht klar. Bisher erschien es unseren IT-Spezialisten unmöglich, eine SMS auf einem Handy zu manipulieren. Aber irgendwie kann jemand genau dies tun. Ich habe gehört, dass man bei Handys mithören kann, man sie als Wanzen benutzen kann. Aber das ist Technik, die eigentlich nur Geheimdienste verwenden. Dass wir es mit einem Geheimdienst zu tun haben ist aber völlig abwegig. Irgend jemand muss Zugang zu dieser Technik haben. Ich habe bereits Kontakt zum Verteidigungsministerium aufgenommen. Dort ist man sehr besorgt über diese Vorfälle.«

»Das bedeutet dann ja wohl, dass wir nun raus sind. Das ist selbst für die Polite eine Nummer zu groß, oder?« Perkis' Stimme wurde stockender.

»Nicht ganz.« De Groot holte Luft:

»Wir können immer noch der Köder sein.«

»Sie meinen: Ich könnte der Köder sein.« Kies blies durch die Backen.

»Sie beide!« antwortete der Staatsanwalt.

»Einer flüchtet, einer jagt. Wir spielen einfach weiter mit und hoffen, dass der AIVD bald etwas herausfindet. Wichtig ist nur, dass niemand außer uns dreien und Ten Kammerbrink etwas davon erfährt.«

»Und wie treten wir mit dem AIVD in Kontakt? Wenn unsere Kommunikation abgehört wird?«

»Glauben Sie mir, meine Herren, es gibt noch andere Kanäle. Es ist alles schon in die Wege geleitet.«

De Groot dachte an den Umschlag und den Verbindungsmann, an den er ihn übergegeben hatte. De Groot stand auf.

»Wir beginnen gleich. Kies, Sie werden fliehen. Kontakt mit uns nur über persönliche Mitteilungen. Handy und Mail, Telefon, SMS, ect. werden wahrscheinlich abgehört. Das bedeutet, Sie machen sich dünne, verstecken sich irgendwo, wir tun so, als ob wir sie suchen. Und das so lange wie nötig. Äh, draussen hängt übrigens mein Mantel mit meiner Brieftasche...«

De Groot klopfte an die Scheibe. Das Licht ging kurz darauf wieder an. Die Kamera und das Mikrofon wurden aktiviert und alle drei saßen mit versteinerten Minen am Tisch.

»Perkis, lassen Sie Van Beek abführen, ich habe für heute genug Märchen gehört.« Perkis sah den Staatsanwalt nur verdutzt an.

»Herr Hoofdcommissaris! Haben Sie mich nicht verstanden?«, fragte Jap de Groot mit Nachdruck.

»Jawohl, Herr Staatsanwalt. Los, van Beek. Beweg' dich!«

Kies stand müde auf und tat so, als würde er schwanken. Perkis griff ihm unter den Arm und versuchte ihn zu stützen. Da packte Kies Perkis' Arm und drehte ihn mit Schwung um. Perkis schrie auf und versuchte sich aus dem Griff zu winden. Kies stieß ihm seinen Ellenbogen in die Magengrube, worauf Perkis nach Luft japsend zusammenbrach.

De Groot stand entsetzt daneben und brüllte: »Kies! Sind Sie wahnsinnig geworden? Hören Sie auf!«

Aber Kies grinste den Staatsanwalt nur an, schubste ihn zwischen den Tisch und die Stühle und De Groot fiel unsanft zu Boden. Er stöhne auf. Ten Kammerbrink hinter der Glasscheibe traute seinen Augen nicht. Kies übertrieb gewaltig. Ten war unschlüssig. Sollte er sofort Alarm geben? Er entschied sich dagegen und rannte aus dem Beobachtungsraum heraus um die Ecke in das Verhörzimmer. Kies war schon weg, er lief bereits die Hintertreppe hinab.

»Geben Sie Alarm, Kammerbrink! Wir kommen schon klar.«

In diesem Moment begann der Feueralarm zu klingeln. Ten grinste, griff zu seinem Handy und rief eine Ambulanz. Dann ging er zurück in den Beobachtungsraum und gab Generalalarm.

Er rief in der Pforte an und sagte, dass der Eingang dicht gemacht werden soll. Doch da bereits ein totales Chaos wegen des Feueralarmes begonnen hatte, war das nicht mehr möglich. Kies hatte derweilen den Mantel de Groots vom Haken vor dem Verhörzimmer genommen und ihn angezogen, damit man den Trainingsanzug nicht sofort erkannte. Im Treppenhaus hatte er dann den Feueralarm ausgelöst. In dem dann entstandenen Durcheinander konnte er das Präsidium verlassen. In der Marnixstraat ging er so gelassen wie möglich zu seinem Fahrrad, sperrte das Zahlenschloss auf und schob es durch die Menschenansammlung, die sich vor dem Headquaters wegen des Alarmes gebildet hatte und verschwand. Er hatte keinen weiten Weg vor sich. Und in der Stadt waren tausende von Jugendlichen bei den Fridays for Future-Demonstrationen unterwegs, die ihm die beste Möglichkeit gaben sich zu verstecken; nämlich in der Masse.

26

In der Nähe der Moschee an der Rozengracht betrat
Kies kurz nach Mittag einen türkischen Imbiss. Er hatte in einem Kleiderdiscounter seine Kleidung nochmals
gewechselt und trug jetzt eine dunkle Sonnenbrille. Mit
einer Baseballkappe, Collegejacke und Flickenjeans sah
er völlig anders aus. Ausserdem war er bei einem Bar-
bier gewesen und hatte seinen Bart trimmen und diesen samt den Schläfen tönen lassen. Das Fahndungs-
foto war immer noch das gleiche wie beim letzten Mal
und mindestens 10 Jahre alt. Mit diesem Bild hatte er
nun nur wenig Ähnlichkeit. Dank der Brieftasche in De
Groots Mantel war er erst einmal gut bei Kasse, denn
der Staatsanwalt hatte über 400 Euro in bar einste-
cken gehabt. Direkt nach seiner Flucht war er bei Gijs
in dessen Autowerkstatt gewesen und hatte den Mantel und die Brieftasche dort gelassen, mit Kleidern von
Gijs war er dann mit dessen Fahrrad weitergefahren
und hatte dabei einige Umwege genommen, um sicher

zu gehen, dass ihm niemand gefolgt war.

Im türkischen Imbiss lief ein Nachrichtensender, der aber keinen Fahndungsaufruf der Polizei brachte. Man hatte sich im Headquaters zurückgehalten und Kies nur intern zur Fahndung ausgeschrieben. Auch sollte bei einer Sichtung nicht sofort zugegriffen werden, um eventuelle Hintermänner und Kontaktpersonen zu entlarven. Falls man ihn fand, sollte man sich vorerst auf eine Observierung beschränken.

Kies bestellte sich Lahmacun und Ayran. Er setzte sich in eine Ecke und beobachtete beim Essen die Leute, die ein und aus gingen. Es waren viele Touristen darunter, aber auch Studenten und Büroangestellte auf der Suche nach einem schnellen und günstigen Mittagessen. Er war eigentlich nur wenige Ecken von der Marnixstraat entfernt, und doch irgendwie für die Kollegen unsichtbar. Wie einfach das geht, dachte er sich, als eine Streife langsam vorbeifuhr und der Beifahrer genau in seine Richtung sah. Ob Ten und Perkis schon bis zu Gijs gekommen waren? Schließlich waren seine Freunde bekannt, sein gesamtes Umfeld war bis aufs Kleinste durchleuchtet worden. Nur Hannah war bisher außen vor. Zumindest, was die Polizei anging. Um sicher zu gehen, dass auch die Cegun–Leute ihr nicht zu nahe kamen, war er nun hier. Er würde warten, bis Ali-Mehmed Cegun, der Chef des Clans, vom Freitagsgebet kam. Dann würde er mit ihm sprechen, auch wenn das große Gefahr bedeutete. Es war gut möglich, dass Ali-Mehmed ihn für Alawis Tod verantwortlich machte. Kies musste das Ende des Gebetes abwarten. Ob Ali-Mehmed dann gleich aus der Moschee kam, war fraglich. Aber Kies sah keine andere Möglichkeit, ihn zu kontaktieren.

Immer mehr türkische Männer kamen nun aus Richtung der Moschee und Kies war klar, dass er nun auch aufbrechen musste, wenn er Ali-Mehmed nicht verpassen wollte. Draussen sah er einen großen schwarzen Mercedes, der direkt vor dem Haupteingang der Fathi-Moschee wartete. Drinnen saßen die Cegun-Brüder. Es war klar: Sie warteten auf ihren Vater.

Kies schlenderte am Auto vorbei und versuchte, wie ein cooler Rapperverschnitt auszusehen. Dann riss er blitzschnell die hintere rechte Türe des Wagens auf und sprang hinein. Die beiden Brüder reagierten ebenfalls blitzschnell, hatten sofort ihre Pistolen gezückt und drehten sich zu Kies um, der die beiden nur angrinste und die Hände hob.

»Cool, Brüder! Peace, ey. Ich komme in Frieden, salam alekum.«

»Was soll das? Bist Du wahnsinnig? Wer bist du

überhaupt, Du Wichser? Das hier ist kein verschissenes Taxi!«

»Ganz ruhig.«, sagte Kies, nahm die Sonnenbrille ab und zwinkerte ihnen zu.

»Wie gesagt, ich komme in Frieden. Ich möchte mit Ali-Mehmed reden.«

»Was, Du? Du bist wohl lebensmüde, Du scheiß Bulle?«

»Wann kommt denn nun Ali-Mehmed?«

Da ging die Türe auf und Ali-Mehmed schaute in den Wagen.

»Sieh mal an. Wen haben wir denn da? Guten Tag, Herr Kommissar.«

»Herr Cegun. Bevor Sie irgendetwas sagen, bitte ich sie alle, ihre Mobiltelefone auszuschalten. Oder noch besser, geben sie sie einem ihrer Söhne und lassen sie sie irgendwo draußen. Sie werden abgehört!«

»Der spinnt doch, der Typ!«, rief einer der Brüder: »Vater lass mich ihn töten, ich muss unseren Cousin rächen. Ich habe es geschworen!«

»Ganz ruhig, mein Sohn. Mach, was er sagt. Nimm die Dinger und geh raus. Kauf Dir was zu Essen.«

»Aber...«

»Hast Du mich nicht verstanden, mein Sohn?«

Etwas Eiskaltes lag in seiner Stimme. Trotz der Höflichkeit seiner Worte war klar, dass es keine Widerrede geben durfte. Der junge Mann nahm die Handys und ging raus. Der Clanchef setzte sich neben Kies. Als die Türe zu war, mahnte Ali-Mehmed auch den anderen, die Waffe herunterzunehmen.

»Glauben Sie nicht, das sie außer Gefahr sind, Kies. Ein Augenzwinkern von mir genügt und sie verlassen diesen Wagen als toter Mann.«

»Ali-Mehmed, ich darf Sie doch so nennen? Ich weiß, und Sie wissen, dass ich weiß, über Ihre Geschäfte Bescheid. Doch darum geht es nicht. Ich bin hier, um Ihnen einen ungewöhnlichen Pakt, ein Geschäft, wenn Sie so wollen, vorzuschlagen.«

»Ein Geschäft? Was haben sie schon zu bieten? Ein Polizist auf der Flucht. Ein Verräter. Und worüber wollen Sie denn Bescheid wissen? Über meinen Teppichhandel? Informationen? Kein Bedarf. Ich kann mir beim besten Willen nicht vorstellen, was Sie mir anbieten könnten.«

»Den Mörder Ihres Neffen.«

»Ach? Ich dachte, der sitzt neben mir?«

»Das ist Quatsch, und Sie wissen das. Ich hatte den Auftrag, ihn zu überwachen und ihn zu verhaften. Der Haftbefehl erging wegen des Verdachts auf schwere Misshandlung, Körperverletzung und Vergewaltigung an seiner Frau. Auch das wissen Sie. Auch wenn die Meinungen in unseren Kulturen darüber auseinandergehen, es bleibt in diesem Land eine schwere Straftat.«

»Sie können mir glauben oder nicht, Kies. Auch ich verurteile es, wenn ein Mann seine Frau schlägt. So altmodisch bin ich nicht.«

»Ich urteile nicht über sie, Ali-Mehmed. Ich bin Polizist und hatte einen klaren Auftrag. Dann ist meine Zielperson tot und alles ergibt keine Sinn mehr. Erklären Sie mir, was es mit der Firma ihres Neffen Mehmed Alawi auf sich hatte. Das war doch ein Bankrottunternehmen. Niemals hätte er so einen Wagen erwirtschaftet.«

»Wir haben damit nichts zu tun. Mehmed hatte plötzlich neue Freunde. Irgendwer hat ihm sehr viel Geld gegeben und ihm die Idee mit der Firma ins Ohr gesetzt, Mehmed tat immer sehr geheimnisvoll. Er stand auf große, teure Autos. Als er die Chance bekam, hat er sie genutzt. Ich kannte diese »neuen Freunde« nicht.«

Ali Mehmed sah Kies mit seinen harten Augen an.

»Glauben Sie es, oder nicht. Ich denke, dass ein anderer Clan ihn gekauft hat. Völlig übertrieben, dieses Auto. Und dann ist er tot. Haben sie Geld bei ihm gefunden?«

»Nein. Kein Geld. Keine Kreditkarten, nichts.« Kies
runzelte die Stirn.

Der Türke fuhr fort:

»Er hat mit Geld um sich geworfen, als gäbe es kein
Morgen. Hier, meine Söhne können es bestätigen.«

»Das stimmt, in den teuersten Clubs hat er Champagner ausgegeben und jedem der ihn darum bat, Mädchen bezahlt. Es war abartig. Er dachte, er wäre der
Geilste«, stimmte der jüngere der Brüder, der vorne
am Steuer saß, zu. Ali fügte hinzu:

»Das war auch der Grund, warum seine Frau ihn zur
Rede gestellt hatte. Er hatte Affären, nahm die Nut-
ten sogar mit nach Hause. Er hatte jedes Schamgefühl
verloren.«

»Zu der Zeit, als wir ihn observierten, also in seinen
letzten Tagen, lebte er wie ein Mönch. Trank nicht, war
meistens zu Hause, auch keine Mädchen. Was bedeutet
das? Wieso dieser Wandel? Das alles herauszufinden,
ist genau mein Vorschlag an Sie, Ali-Mehmed. Ich werde den Mörder ihres Neffen finden.«

»Und was wollen Sie dafür, Kies? Geld?«

»Nein, kein Geld. Zwei Dinge: Zum einen, Ihren Schutz
und Unterschlupf, Ali-Mehmed.«

»Ich traue Ihnen nicht, Kies. Nicht einen Millimeter.

Ich muss nachdenken. Und zwar bis morgen.«

»Und das Zweite: Ihr Wort als Ehrenmann.«

»Was?« Ali-Mehmed lachte.

»Sie halten mich für einen Ehrenmann?«

»Sind Sie es nicht? Wenn das Wort von Ali-Mehmed nichts mehr gilt in dieser Stadt, was dann?«

»Hm. Was soll ich ihnen zusagen?«

»Es geht nur um eine einzige Person. Ich will Ihr Wort.«

Kies sah Ali-Mehmed in die Augen, beide fixierten ihren Blick. Dann zuckte Alis Auge.

»Morgen!«, sagte er und winkte seinem Sohn zu. Dieser sprang aus dem Wagen und machte Kies die Türe auf.

»Merhaba, van Beek. Bis morgen. Ich rate Ihnen, versuchen Sie nicht mehr, mit mir in Kontakt zu treten. Wir treten mit Ihnen in Kontakt.«

Kies nickte und stieg aus. Er hatte die Sonnenbrille wieder aufgesetzt und ging zurück in Richtung Imbiss. Dort fragte er eine junge Studentin, ob er mal zu Hause anrufen könne, weil er sein Mobiltelefon habe liegen gelassen. Die junge Frau lächelte ihn an und sagte, sie müsse aber dabei sein, denn sie wolle nicht bestohlen werden. Kies setzte seinen ganzen Charme ein und bekam ihr Handy. Er wählte die Festnetznummer der

Werkstatt.

»Meisterwerkstatt Old School Vehikles Amsterdam, Gijs Kolkhoven?«

»Hallo Schatz, ich hab mein Handy und meinen Schlüssel vergessen.«

Dann drehte er sich etwas zur Seite, sprach leiser, damit die Studentin nichts mitbekam:

»Mausi, waren die Kollegen schon bei Dir?«

Gijs lachte:

»Na klar. Stell Dir vor, sogar mit Staatsanwalt, Liebling. Da hast Du mir ja hohen Besuch verschafft. Ich denke, ich sollte Dir jetzt sagen, dass Du dich stellen sollst und dann soll ich bei der Polizei melden, dass Du mich kontaktiert hast, denn deine Kollegen hören sicher mit.« Gijs lachte wieder, bevor er fortfuhr:

»Im Ernst, dieser Perkis machte einen fiesen Eindruck. Kommt hier rein und tritt mir gegen das Bein, während ich unter dem Mustang liege und die Ölwanne ausleeren will. So ein Komiker. Fragt dann, ob diese Füße die Ehre haben, dem Werkstattmeister zu gehören. Ich musste mich echt zusammenreißen, dass ich ihm nicht eines mit meinem Schraubenschlüssel verpasse.«

»Schon gut, Gijs. Pass auf, ich denke, dass Deine Nummer auch abgehört wird. Erinnerst Du Dich an meine Frage letzte Woche?«

»Hm. Keine Chance, heute. Geh doch in die Jugendherberge.«

»Na super, Gijs. Das ist ja ne' tolle Idee.«

»Mach's gut, Kies, ich kann Dir nicht helfen.«

»Trotzdem Danke, alter Freund, wenn alles vorbei
ist, machen wir einen Törn ins Wattenmeer und lassen
uns trocken fallen. Aber nur äußerlich.«

»Das machen wir. Tot ziens, Kies.«

Kies legte auf und löschte die Nummer. Die Studentin sah ihn an und sagte:

»Komisch, irgendwie kommen Sie mir bekannt vor.
Sind sie Schauspieler?«

»Ja. Aber bitte helfen Sie mir, unerkannt zu bleiben,
ich bereite mich gerade auf die größte Rolle meines
Lebens vor. Wenn es soweit ist, werden Sie es bestimmt
mitbekommen. Vielen Dank für das Telefon.«

»Ja, bitte gerne. Das ist ja aufregend. Erzählen Sie
mir mehr.«

»Leider muss ich jetzt weg und mein Telefon holen.
Aber Sie können mir ihre Nummer geben und ich ruf
sie dann an.«

»Oh, ja. Moment, ich schreib sie Ihnen auf die Hand.«

Sie zückte einen Kugelschreiber, als hätte der nur
darauf gewartet, packte Kies Hand und schrieb schnell

eine Mobilnummer auf die Handfläche.

»So. Aber bitte auch melden, sonst muss ich Sie suchen lassen.«

Kies sah sie an und lächelte gezwungen:

»Na, das fehlt grade noch, dass man mich sucht.«

Dann verabschiedete er sich und ging in Richtung Innenstadt davon.

Zwei Seitenstraßen weiter stand das Fahrrad von Gijs. Er spuckte sich auf die Handfläche und rieb die Nummer weg.

»Sorry, Meisje, kein Bedarf«, sagte er sich. Es war noch zu früh, das Versteck aufzusuchen, das Gijs ihm schon vor zwei Wochen angeboten hatte. Er musste aber noch warten, es war ja erst ab morgen Nachmittag verfügbar. Kies konnte es mit dem Fahrrad leicht erreichen. Es lag allerdings so exponiert, dass man sich dort eigentlich kaum verstecken konnte. Und, dieses Versteck würde Kies kaum Ruhe gönnen.

27

Kies hatte einen Schlüssel, und eine Packung Ohrstöpsel von Gijs bekommen.

»Bis zum Samstag Mittag nächste Woche bist du sicher, aber dann musst Du weg.«, hatte Gijs Kolkhooven zu ihm gesagt. Zunächst hatte Kies sich gewundert, aber als er kapierte, dass er im Muntepleinturm logieren würde, war ihm klar, was die Ohrstöpsel sollten. Das Glockenspiel würde ihn alle halbe Stunde wecken.

»Ohne Jing kein Jang«, hatte Gijs noch grinsend hinzugefügt.

»Der städtische Glockenspieler ist ein Kunde von mir. Er ist ab Sonntag im Urlaub und kommt einen Tag vorher, am Samstag, also morgen, um 14 Uhr zu seinem Glockenkonzert. Dann kannst du einziehen. Bis nächsten Samstag musst Du aber wieder weg sein und alle Spuren von Dir auch. Kriegst Du das hin?«

Kies hatte nur matt gelächelt.

Jetzt war es noch eine Nacht und ein Tag für Kies, in der er selbst für ein Versteck sorgen musste. Wie seinem Freund Gijs war ihm nur eine Person eingefallen, die vielleicht noch in Frage kam. Gijs hatte sie mit »Jugendherberge« umschrieben. Damit meinte er eine Person, die beide seit Jugendtagen kannten und die so manchem Herberge gab. Es könnte aber kompliziert werden, denn diese Person führte sozusagen ein teilweise öffentliches Leben. Kies ließ das Rad stehen und machte sich auf den Weg. Es war nur ein Katzensprung bis zur Herrengracht. Dort gab es eine Frau, die er seit einiger Zeit nicht mehr besucht hatte und die ihn hoffentlich nicht wegschicken würde. Als er vor dem Haus, oder besser der Souterrainwohnung, die sein Ziel war, angekommen war, musste er sich dann doch noch etwas gedulden. Das kleine rote Lämpchen im Fenster brannte und der Vorhang war zugezogen, was bedeutete, dass Kundschaft bei seiner heutigen, potenziellen Herbergsgeberin war. Kies drückte sich an der Gracht entlang herum und sah natürlich sofort, dass er nicht der Einzige war, der hier wartete, bis er an der Reihe war. Schließlich öffnete sich die Türe und ein gutgekleideter Herr kam heraus. Verstohlen blickte dieser sich um und ging rasch die 4 Stufen zur Strasse hinauf. Das Lämpchen ging aus und bevor nun die Dame des Hauses herauskam, ging Kies schnell zur Türe und klopfte.

»Hallo, Lilly. Lange nicht gesehen!«, sagte er, als eine nicht mehr ganz junge Prostituierte öffnete. Zunächst wollte sie die Türe sofort wieder zumachen, aber Kies hatte bereits die Türe gepackt und hielt sie fest.

»Was willst Du hier?«, fauchte die Frau ihn an.

»Nur auf ein Wort, Lilly. Lässt Du mich rein?«, sagte Kies in freundlichem Tonfall.

Lilly blickte Kies in die Augen und seufzte nur:

»Na gut. Komm.«

Lilly schloss die Türe ab und schaltete das rote Lämpchen wieder ein. Dazu begann gleich »Je taime« von Serge Gainsbourg zu laufen.

»Oh, nein, Moment, ich bin nicht geschäftlich da. Ich brauch' Deine Hilfe.«

»Kies van Beek. Du brauchst meine Hilfe? Und »nicht geschäftlich«? Was ist es dann? Soll ich jemanden für die Bullen bespitzeln oder aushorchen? Da bist Du bei mir an der falschen Adresse. Ich stehe zwar in Deiner Schuld, aber...« Lilly schaltete die musikalische Hintergrundbeleuchtung aus.

»Hör zu, Lilly. Ich bitte Dich um Unterschlupf. Ich muss für heute Nacht untertauchen. Du kannst mich morgen auch verpfeifen, ich sag Dir sogar, an wen.«

»Bist du jetzt völlig durchgedreht, Alter? Du kannst ne' Stunde hier sein, zum üblichen Tarif. Und überhaupt, was heißt verpfeifen? Ich hab noch nie jemanden verpfiffen.«

»Das weiß ich. Hilfst Du mir oder nicht? Ist wirklich nur für heute Nacht. Und ich hab keine Kohle.«

»War klar. Bin ich Mutter Theresa, oder was? Könnt ihr Bullen nicht auf Euch selber aufpassen? Wie soll das gehen? Meinst Du, ich mach jetzt Feierabend und Du kannst dann hier pennen? Das ist ein Arbeitsraum. Und ich habe hier auch nur meine Stundenkontingente. Wenn meine Schicht zu Ende ist, kommt ein anderes Mädchen. Zwischendrin wird noch reinegemacht. Das macht eine Vietnamesin. Die ist noch ärmer dran als wir. Also, Herr Commissaris, wie hast Du Dir das gedacht?«

»Äh, keine Ahnung. Ich dachte, Du hättest eine Idee. Wann machst Du denn Feierabend?«

»Was? Ach so. Na, ich bin um 6 fertig. Dann geh ich einkaufen und dann fahr ich nach Hause. Zu meiner Familie, du Supercop. Wie man das halt so macht. Dann koch' ich was für meine Jungs. Ich kann Dich nicht mit nach Hause nehmen. Aber...«

Lilly wurde unterbrochen. Vor der Türe der Wohnung standen zwei Gestalten und versuchten, in die

Wohnung zu sehen.

»Hast Du Gesellschaft mitgebracht? Wer ist das?«, fragte Lilly Kies leise. Dann rief sie laut: »He, hier ist besetzt! Wartet gefälligst, bis das Licht ausgeht, sonst ruf ich Harry!«

»Wer ist Harry«, flüsterte Kies.

»War mal mein Zuhälter. Ist aber weg.«, sagte Lilly leise zu Kies. Sie schaltete Licht und Musik wieder an. Die Gestalten an der Türe entfernten sich.

»Hör zu, Kies ich kann Dir nicht helfen, Du siehst ja, hier ist es wie im Schaufenster. Meinst Du die Typen da draußen waren wegen Dir da?«

»Möglich. Trotzdem: Hat mich gefreut Dich wieder-zusehen, Lilly. Kann ich hinten raus?«

»Klar. Hm... Wart mal, ich hab 'ne Idee. Im Hin-terhof steht mein Auto. Du kannst in den Kofferraum steigen. Ich mach ihn Dir auf. Nachher bringe ich Dich aus der Stadt. Wohin Du willst. Aber mehr kann ich nicht für Dich tun.«

»Das ist besser als nichts, Lilly.«, sagte Kies und gab ihr einen Kuss auf ihre stark geschminkte Wange.

»Ey, Alter, küssen is im Puff tabu!«, lachte Lilly und schob ihn weg.

Kies verschwand durch den Kellergang hinter der Souterrainwohnung. Hier lagerte allerhand Zeug. Un-

mengen von leeren Sektflaschen, Kartons, und Wasch-
körbe voller gebrauchter Bettwäsche. Pufflogistik eben.
Lilly war ihm gefolgt, um den Wagen zu öffnen. Direkt neben dem Hinterausgang stand ein kleiner Opel,
der sich als Lillys Wagen vorstellte, indem die Blinker
beim Öffnen mit der Fernbedienung einmal aufleuch-
teten. Lilly verschwand wieder zu ihrem Arbeitsplatz.
Kies sah sich kurz um und kletterte dann in den sehr
kleinen Kofferraum. Er konnte gerade noch die Klappe
zuziehen.

Innen roch es etwas muffig, Kies nahm eine Art Em-
bryonalstellung ein und hoffte inständig, dass Lilly heute keine Überstunden machen würde. Er hatte mit ihr
vereinbart, dass sie ihn absetzen sollte, sobald sie die
Gelegenheit hatte und sich unbeobachtet fühlte. Das
müsste aber auf jeden Fall vor dem Einkaufen passieren. Da es bis 20 Uhr hell war, war das also irgendwo
im Westend im Industriegebiet, wo um diese Zeit an
einem Freitag eher wenig Menschen zu erwarten waren.

Aber so weit kam es nicht. Nur wenige Minuten,
nachdem sich Kies in sein freiwilliges Gefängnis gelegt
hatte, öffnete jemand den Kofferraum.

Es war einer der Cegun-Brüder.

28

»Ali-Mehmed möchte Sie doch schon heute wiedersehen, Herr Commissaris. Bitte steigen Sie aus.«

»Ah, das ging aber flott. Ich nehme an, ihr beiden ward die Männer an der Pufftüre? Ich hoffe, der Dame geht es gut?«

»Wir mussten ihr eigentlich nur gut zureden, damit sie uns Ihren Aufenthaltsort verrät. Ein kleiner Hinweis auf eventuell beschädigte Auslegeware ihres Betriebes im Falle einer Nichtkooperation genügte, damit sie ein Einsehen mit unserer Problematik hatte.«

Kies hatte die Hand eines Cegun-Bruders auf seiner Schulter und merkte sofort, dass in dieser genug Kraft steckte um ihn so zu packen, dass er keinen Widerstand mehr leisten würde. Der Mann war ein Tier. Kies tätschelte diese Hand und meinte nur:

»Das wird nicht nötig sein, ein weiteres Treffen mit Ali-Mehmed liegt auch in meinem Interessengebiet!«

Der Wagen der Ceguns stand gleich neben dem Opel.

Obwohl Kies meinte, man hätte die paar Meter auch laufen können, fuhren die Brüder mit ihm los.

»Wir fahren jetzt zu Ali-Mehmeds Haus. Das liegt etwas außerhalb. Es ist der Wunsch von Ali-Mehmed.«

»Man kann sich ja nicht immer in einer Kebabbude treffen«, gab Kies zurück und lehnte sich auf dem Rücksitz des schwarzen Mercedes zurück. »Ich wäre mit meiner anderen Mitfahrgelegenheit wesentlich unkomfortabler gereist, da bin ich Euch schon dankbar.«

»Und jetzt halt's Maul, Bulle. Das mit der Verhaftung ist ja sicher auf Deinem Mist gewachsen. Deine Bullenkollegen mussten uns aber laufen lassen, weil wir als Sicherheitsfachkräfte natürlich Waffen tragen dürfen«, sagte der andere der Brüder.

Dieser hatte bisher bei den aufgesetzten Sprüchen immer mit den Augen gerollt. Er hatte wesentlich weniger Sinn für Humor als sein Bruder. Er war groß, schwer gebaut, grobschlächtig, mindestens 130 Kilo. Der Andere war kleiner, feingliedrig, gepflegt. Beide im schwarzen Anzug.

Die Fahrt dauerte etwa eine halbe Stunde. Im Het Gooi, einem noblen Vorort, in dem sich viele große Grundstücke befanden, stand auch das Haus von Ali-Mehmed Cegun. Ein automatisches Tor öffnete sich. Dahinter, von der Strasse nicht einsehbar, stand ein bewaffneter Wachmann. Auf einem Kiesweg ging es dann noch ein paar Meter zum Haus. Der Wagen hielt an und der Bruder, der auf der Beifahrerseite gesessen hatte, öffnete Kies die Türe. Kies stieg aus und wurde zur Haustüre gewiesen. Dort stand ein weiterer Wachmann, der die Klingel drückte. Ein Hausmädchen in orientalischer Tracht öffnete die Türe.

»Guten Abend, Herr van Beek, seien sie herzlich willkommen! Bitte kommen sie herein, Ali-Mehmed erwartet sie bereits.«

»Sehr freundlich. Vielen Dank. Sagen Sie, wäre es möglich, dass ich noch eben auf die Toilette kann? Ich möchte mich noch etwas frisch machen.«

»Selbstverständlich, kommen Sie bitte mit, ziehen Sie aber bitte vorher diese Hausschuhe an, sie sind sehr bequem.«

Kies tat, wie ihm geheißen und folgte der jungen Frau, die ihn zu einer Gästetoilette führte. Kies benutzte die Toilette, wusch sich Hände und Gesicht und richtete seine etwas schäbigen Kleider. Dann trat er wieder hinaus. Das Mädchen hatte gewartet.

»Kommen Sie. Ali-Mehmed wartet nicht gerne.«

Sie führte Kies in einen großen Raum, der prachtvoll orientalisch dekoriert war. In der Mitte stand ein Springbrunnen. Auf dem Boden lagen edle Teppiche.

Eine riesige, bunt gemusterte Couch bot Platz für mindesten 20 Personen. Große Palmen und Orientalische Torbögen rundeten das Ambiente ab.

»Ah, Herr Kommissar! Da sind Sie ja endlich.« Ali-Mehmed trug einen roten Fes auf dem Kopf und eine orientalische Galabeya. Er sah aus wie ein Herrscher aus 1001 Nacht.

»Ich dachte mir, dass wir unsere Unterhaltung besser hier fortführen. Möchten Sie etwas Tee?« Der Hausherr klatschte in die Hände und das Mädchen verschwand hinter einer der Türen.

»Nehmen Sie doch Platz, mein Lieber. Ich glaube, sie hatten eine anstrengende Woche. Nun sind sie mein Gast und ich wünsche, das ihnen nichts fehlt. Wie Sie wissen, ist meinem Volk die Gastfreundschaft heilig.«

»Danke, Ali-Mehmed. Das weiß ich sehr zu schätzen. Haben Sie über meinen Vorschlag nachgedacht?«

»Aber aber, mein lieber Kies. Immer nur die Arbeit. Wissen Sie denn nicht, das wir nach dem Freitagsgebet Feiertag haben? Was halten Sie davon, mit uns zu essen? Heute Abend gebe ich eine große Feier.«

»Ich möchte Ihnen wirklich nicht zur Last fallen.«

»Ha, ha. Das ist lustig. Wissen Sie was? Es gibt nur zwei Möglichkeiten für Sie, dieses Haus zu verlassen. Entweder als Freund, oder als Leiche! In beiden Fällen keine Belastung.« Kies zuckte mit den Augenbrauen. Jetzt zeigte der Clanchef sein wahres Gesicht. Mit ihm war nicht zu spaßen.

»Dann nehme ich die Einladung gerne an. Und nun zu unserem kleinen Geschäft...«

»Ah, ah, ah, Kies. Nicht so schnell!« Ali-Mehmed legte den Zeigefinger auf seinen Mund.

»Zuerst...den Tee!« Das Mädchen brachte einen großen Samowar auf einem silbernen Tablett und stellte diesen auf ein Tischchen vor den Männern ab. Ali-Mehmed begann, Kies einzuschenken. Er reichte ihm den Tee und tat Zucker hinein.

»Noch ein Stückchen, Kies? Wissen Sie, wir Türken trinken den Tee immer sehr süß.«

Kies nicke nur und ließ ihn gewähren. Dann klatschte Ali-Mehmed wieder in die Hände und rief:

»Musik!«

Aus versteckten Lautsprechern ertönte laute, orientalische Musik.

»Jasmin! Tanz für uns!«, rief Ali-Mehmed.

Eine wunderschöne, üppig gebaute, junge Frau in einem türkisfarbenen Schleiergewand kam plötzlich herein und begann, einen atemberaubenden Bauchtanz aufzuführen.

»Was für eine Show«, dachte sich Kies. Ali-Mehmed

klatschte zum Rhythmus der Musik und feuerte die Tänzerin an. Ihre Darbietung war durchaus erotisch, aber auch sehr kunstvoll. Sie begann sehr zurückhaltend und steigerte ihre Hüftbewegungen mehr und mehr zur Extase. Kies hatte so eine Darbietung noch nie gesehen und war sehr beeindruckt. Wie mit einem Schlag endeten Musik und Tanz und Jasmin verschwand wieder hinter einem Vorhang.

»Das war wirklich sehr beeindruckend, Ali-Mehmed. Vielen Dank.«

»Hat es Ihnen gefallen? Ja, Sie ist wirklich sehr begabt. Der Mann, der sie mal heiratet, kann sich glücklich schätzen.«

»Ich will Sie nicht beleidigen, Ali-Mehmed. Aber ich muss nochmal auf unser Gespräch von heute Mittag kommen.«

»Na gut, Kies. Ich sehe schon, Sie lassen nicht locker.«

»Ich bitte Sie um den Schutz für eine bestimmte Person.«

»Ich weiß.«

»Wie, sie wissen?«, fragte der Kommissar.

»Sie wollen, dass wir eine gewisse Hannah schützen, weil sie es nicht können. Sie glauben, dass sie in Gefahr ist, weil sie Kontakt zu ihr hatten. Ist sie ihre Freundin?«, fragte der Clanchef süffisant. Kies blickte den Bandenchef an:

»Nein, das ist sie nicht. Ich habe sie nur zufällig kennengelernt und jetzt ist sie in Gefahr. Bei allem Respekt, Unbeteiligte dürfen nicht gefährdet werden. Stellen Sie sich vor, Jasmin wäre bedroht, nur weil sie für Sie tanzt.« Ali-Mehmed lachte.

»Herr Kommissar. Natürlich ist sie bedroht, weil sie für mich tanzt. Seien Sie doch kein Dummkopf. Jeder ist bedroht, der nicht geschützt werden kann. Warum stehen wohl diese Männer vor meiner Türe? Ihre Freundin ist bedroht, weil sie Sie kennt und sie als Köder benutzt werden kann. Und Sie sind nicht in der Lage, sie zu schützen!« Kies sah den Türken an.

»Sie haben Recht. Und ich mache mich natürlich auch für Sie angreifbar, wenn ich Sie um Hilfe bitte. Aber habe ich denn eine Wahl?«

»Nein! Ihre Polite ist im Eimer! Sie ist nicht mehr Herr der Lage. Und nur sie haben es gemerkt. Nein! Sie haben keine Wahl. Darum habe ich, Ali-Mehmed Cegun, beschlossen, meine schützende Hand über Euch beide zu breiten.« Wieder klatschte er in die Hände.

»Holt sie herein!« Kies sprang auf. Das Hausmädchen und einer der Wächter brachten Hannah in das Zimmer. Sie sah etwas derangiert aus:

»Kies! Was ist hier los? Warum haben mich diese Leute entführt?«, fragte Hannah.

»Keine Angst, Hannah. Ein Missverständnis. Sicher wird Dir Herr Cegun, der Hausherr, alles erklären.«

»Genau«, sagte Ali-Mehmed mit einem Lächeln, »ein Missverständnis. Sie sind beide unsere Gäste heute Abend. Natürlich dürfen sie jederzeit gehen, es sollte eine Überraschung sein. Und »entführt« klingt etwas theatralisch. Erinnern sie sich nicht? Sie hatten einen Unfall, und meine Jungs haben sie hergebracht, um Sie zu versorgen.«

»Ich weiß nur, dass ich in diesem Café saß und dann wachte ich hier auf. Wo sind wir hier?«

»Bei mir zu Hause, Sie sind meine Gäste, wie gesagt. Aber wenn sie gerne beide gehen möchten, bitte. Ich lasse ihnen ein Taxi rufen. Hassan! Die Herrschaften möchten gerne nach Hause.«

»Nein, nein, Ali-Mehmed. Lassen Sie mich bitte mal mit Hannah sprechen, ich werde alles erklären.«

»Nur zu, Kies. Wir lassen sie alleine.«

Wieder klatschte Ali-Mehmed in die Hände und rief:

»Ihr habt mich gehört, meine Kinder, alle raus, lassen wir die beiden allein!« Als alle draußen waren, rannte Hannah auf Kies zu, packte ihn mit beiden Händen am Kragen und schrie ihn an:

»Was soll das, Kies? Was ist hier los? Und wie siehst Du überhaupt aus?«

»Beruhige Dich, Hannah. Es ist alles in Ordnung. Hör mir bitte einfach zu, ich erkläre Dir alles.«

Kies war überrascht, wie fest Hannah zupacken konnte. In ihren Augen spiegelte sich die pure Angst. Er begann zu erzählen. Hannah hörte zu und ließ langsam ihren Griff locker. Geschlagene fünf Minuten erzählte Kies alles. Bis auf die Kleinigkeit mit dem unerklärlichen Datenleck. Hier ließ er dezent einige Einzelheiten weg, da er wusste, das hier die Wände Ohren hatten.

»Und Du meinst, diese Mafiosi könnten mich schützen? Wie naiv bist denn Du?«

»Ich habe im Moment einfach keine bessere Idee.« Aus Hannahs Am-Kragen-Packen wurde eine Umarmung. Auch Kies umarmte Hannah und sah ihr in die Augen.

»Es tut mir sehr leid, dass ich Dich hier mit hineingezogen habe, es ist einfach passiert. Hätte ich doch bloß mein Rad ordentlich abgestellt.«

»Nun ist es, wie es ist. Vielleicht ist es Schicksal. Ich habe Angst, aber ich vertraue Dir. Wahrscheinlich bin ich verrückt oder stehe noch unter Drogen. Aber ich glaube, ich habe mich verliebt.«

»Wie schön!«, rief plötzlich Ali-Mehmed, der wieder in den Raum gekommen war. »Das muss die große Liebe sein!«

29

Ten Kammerbrink saß an seinem Computer und checkte Überwachungsvideos. Er konnte Kies sehen, wie er
bei seiner Flucht ins Treppenhaus lief. Dann suchte
Ten nach den Aufzeichnungen vor dem Präsidium, von
den Kameras zur Marnixstraat und der Elandsgracht.
Etwas auf diesen Aufzeichnungen war seltsam. Es war
darauf keine Spur eines Menschenauflaufs wegen des
Feueralarmes zu sehen, auch kein Kies, der flüchtete.
Es war auch wettertechnisch seltsam, denn es war an
diesem Vormittag doch nicht so sonnig gewesen, wie
auf der Aufzeichnung. Datums- und Zeitanzeige liefen
normal weiter und waren korrekt. Aber das Bild nicht.
Wie konnte es sein, dass das noch niemandem aufgefallen war? Die Sicherheit des Gebäudes oblag einer
eigenen Abteilung. Könnte dort der Maulwurf sitzen?
Das Fehlern der Aufzeichnungen könnte ein konkreter
Hinweis sein. Ten lud die Aufzeichnungen auf einen
Stick und ging mit seinem privatem Tablet zu Jap de

Groot. Dieser saß in seinem Büro und hatte gerade Besuch vom ersten Hoofdcommissaris.

»Ah, Kammerbrink! Kommen Sie herein. Gibt es etwas Neues von unserem Flüchtigen?«

»Leider nein, Herr de Groot. Ich komme in einer anderen Angelegenheit. Aber wenn ich störe...«

»Nein, nein, junger Kollege. Ich muss sowieso weiter. Bleiben Sie nur hier«, sagte der erste Hoofdcommissaris und stand auf. »Setzten Sie sich, Ten.«

»Also gut, mein Lieber, ich komme dann heute Nachmittag zur Besprechung. Auf Wiedersehen.« Damit ging der erste Hoofdcommissaris hinaus und de Groot schloss die Türe hinter ihm.

Dann legte er den Zeigefinger auf den Mund und sah Ten an. Dieser zeigte wortlos das Überwachungsvideo. Während de Groot es ansah, schrieb Ten einen Zettel und legte diesen vor de Groot auf den Schreibtisch.

»Das Video wird manipuliert. Jemand hat Zugang zu den Überwachungsanlagen. Gebäudeschutz?«

De Groot las den Zettel, blickte Ten an und nickte. Dann öffnete er ein Fenster, zündete sich eine Zigarette an und warf das Streichholz und den zerknüllten Zettel in einen Blumentopfuntersetzer, den er auf den Sims stellte. Der Zettel fing Feuer und De Groot tat so, als wäre ihm ein Missgeschick passiert und wedelte mit den Händen über dem Topf.

»Verdammt, da war ja Abfall drin!« Dann wandte er sich wieder an Ten:

»Nun, Kammerbrink, haben wir eine Spur von Kies?«

»Nur diese eine vom Video, er hat Feueralarm ausgelöst, sich ihren Mantel geschnappt und hat die Abteilung über die Treppe verlassen. Er scheint keine Helfer im Gebäude gehabt zu haben. Bei seinem Freund Gijs waren wir ja schon und es steht fest, dass er die Kleidung dort wechselte.«

»Schön, wie sie wissen, war ich dabei! Erzählen Sie mir was Neues, Kammerbrink!«

»Mehr haben wir nicht. Ich persönlich gehe davon aus, dass er die Stadt verlassen hat. Möglicherweise wieder auf einem Boot. Das letzte Mal hat er sich auch auf seinem Boot versteckt. Das ist übrigens weg!«

»Dann Fahndung nach dem Boot. Und lassen sie diesen Autoschrauber observieren. Der kann uns möglicherweise noch Hinweise zum Aufenthaltsort Van Beeks liefern.« Ten nickte und wollte schon auf dem Absatz kehrt machen, als De Groot noch einmal anfing:

»Kammerbrink!«

»Ja?«

»Ein verdammter Haufen Scheiße, das. Ich hoffe, wir können Kies bald finden. Die ganze Sache kann nur mit ihm aufgeklärt werden. Ich sehe keine andere Möglichkeit.«

»Ja, das geht mir genau so.« Ten ging zurück zu seinem Arbeitsplatz im Großraumbüro. Er dachte nach, wie er in der Sicherheitsabteilung Nachforschungen anstellen könnte, ohne dass jemand Verdacht schöpfen würde. Er kam zu dem Ergebnis, dass er gezielt nach noch mehr Fehlern suchen müsste, was allerdings einen externen Beobachter stutzig machen könnte. Dennoch war eine Überprüfung gerade nach der Flucht von Kies völlig normal. Ten nahm sich die Videoprotokolle aller Überwachungskameras noch einmal vor. Als er nichts fand, sah er sich die Überwachungsbilder der Außenkameras im Livestream an. Dazu sah er immer wieder aus dem Fenster. Die Bilder stimmten mit seinen Beobachtungen 1:1 überein, es gab keine Endlosschleife im Livestream. Dann sah er sich die Aufzeichnungen vom Vortag nochmals an und verglich sie mit dem Livestream heute.

Das musste bedeuten, dass der Livestream gar nicht aufgezeichnet wurde, oder eben zeitversetzt. Falls dies automatisch passierte, konnte es sein, dass die Aufzeichnungen irgendwo zwischengespeichert waren und dann wieder eingespielt wurden. Aber von wann? Ten dachte wieder an den sonnigen Vormittag... Vorgestern war es eigentlich sehr schön gewesen, zumindest vormittags... konnte es sein, dass das Video einfach um einen Tag zeitversetzt abgespeichert wurde? Dann müsste er nur die Aufzeichnung von morgen abrufen, was aber doch eigentlich nicht sein konnte. Ten versuchte sein Glück. Nein, da war noch keine Datei zu finden. Und wäre es der Sicherheitsabteilung nicht schon längst aufgefallen? Schließlich saßen die ja vor ihren Bildschirmen und überwachten alles und jeden in Echtzeit.

Ten beschloss, die Kollegen jetzt doch mal zu besuchen und ein paar unverbindliche Fragen zu stellen. Die IT-Sicherheit saß im Keller des Headquaters. In den fensterlosen Räumen hätte Ten niemals einen ganzen Arbeitstag durchgehalten. Die IT-ler arbeiteten im Schichtbetrieb und waren sozusagen immer da. Ob es Tag oder Nacht war, schien sie nicht zu interessieren. Ten sprach mit dem Leiter der Abteilung, Rul de Beer.

»Herr de Beer, wie kann es sein, dass wir bestimme Videos nicht finden? Kann es sein, dass Daten, sagen wir mal, verloren gegangen, sind?«

»Nee, dass ist nicht möglich. Sehen Sie Ten, alles was von unseren Kameras erfasst wird, wird auch eine gewisse Zeit gespeichert. Dieser Speicher läuft über unseren Hauptserver, er ist unhackbar.«

»Unhackbar?«

»Ja. Er hat keine Verbindung mit dem Internet. Er ist autark. Es ist nicht, möglich ihn von aussen anzuzapfen. So, wie wenn sie in ihr Haus keine Haustüre einbauen würden. Alles, was an Operationen in unser internes Netz geht, also ins Intranet, ist über einen zweiten Server abgesichert. Es wird quasi ein Paket geschnürt, dass erst wieder geöffnet werden muss, bevor man etwas verändern kann.«

»Und die Software, die wir hier im Haus benutzen, haben unsere Leute selbst entwickelt?«, fragte Ten weiter.

»Ha,ha, wo denken Sie hin, Ten? Wie bei jeder Firma wurde die Software von uns gekauft und von einem namhaften Softwareentwickler für unsere Zwecke konfiguriert. Wir haben die höchsten Sicherheitsstandards.«

»Das bedeutet, dass diese Firma auch den Support unserer Software übernommen hat?«

»Natürlich, das ist allgemein üblich.«

»Sind diese Leute oft im Haus?«

»Nur ab und zu, wenn es größere Probleme gibt. Ansonsten lösen wir kleinere Probleme über einen Remote.«

»Also von Extern.«

»Ja, dazu muss nicht extra jemand ins Haus kommen.«

»Dann gibt's also doch eine Tür ins Haus«, murmelte Ten.

»Aber das hat nichts mit dem gesicherten Server zu tun. Die sind absolut safe!«, gab Rul zu verstehen. Er war nun etwas angefressen, dass der Ermittler noch weiter bohrte.

»Was wollen Sie unterstellen, Ten?«

»Ich? Gar nichts. Ich suche nur nach einer Erklärung, warum bestimmte Sequenzen in Aufzeichnungen fehlen, bzw. ersetzt wurden.«

»Ersetzt? Was genau?« Rul wurde stutzig. Er klappte einen Laptop auf und tippte blitzschnell einige Passwörter ein.

»Es geht explizit um eine Sequenz von heute morgen.« Ten gab dem IT-ler die genau Uhrzeit und den Standort der Kamera. Wieder flogen Rul's Finger über die Tastatur.

»Hm, ist doch alles da. Wo ist das Problem?«

»Das Problem ist, dass die Aufzeichnung nicht das zeigt, was in diesem Gang zu dieser Zeit passierte. Am Garderobenständer müsste ein Mantel hängen. Gehen sie mal 10 Minuten zurück. Dann sehen Sie, wie ein Mann seinen Mantel hinhängt. Lassen Sie es weiterlaufen und dann sehen sie, wie der Mantel plötzlich weg ist. Die Zeit läuft aber durch. Es fehlen die Bilder.«

»Das ist in der Tat ein Problem. Könnte aber auch ein Softwarefehler sein.«

»Was? Ein Softwarefehler? Das sieht mir eher nach einer Manipulation aus. Warum sollte ausgerechnet eine Sequenz fehlerhaft aufgezeichnet sein, die für uns wichtig ist. Ein sehr unglaubwürdiger Zufall.«

»Eine Manipulation ist ausgeschlossen. Undenkbar!«, gab Rul zurück, sein Blick blieb aber an seinem Laptop haften und er suchte weiter nach einer Erklärung.

»Rul, bitte versuchen Sie herauszufinden, was da schief gelaufen ist. Ich brauche Ihnen nicht zu sagen, dass es auf Ihre Abteilung zurückfällt, wenn hier irgendwas nicht stimmt. Ich brauche den Namen der Softwarefirma und der Personen, die uns supportet haben. Aber nicht per Mail oder Telefon. Ich will von ihnen einen Zettel in einem versiegelten Umschlag.« De Beer sah Ten an wie einen Außerirdischen.

»W-wie?«, stammelte er.

»Ganz recht, oldschool. Ich möchte Infos schriftlich, analog und persönlich von Ihnen haben.«

30

Lilly saß in ihrem Etablissement und starrte in ihr Longdrinkglas. Was sollte sie tun? Die Polizei rufen? Den einzigen Polizisten, dem sie vertraut hätte, hatte sie gerade an die beiden Gorillas des Cegun-Clans verraten. Aber hatte sie denn eine Wahl gehabt? Ein Klopfen an der Türe riss sie aus ihren Gedanken. Kamen die beiden zurück? Sie ging an die Türe und sagte nur:

»Ich bin schon im Feierabend, die Kollegin beginnt um sieben!«

»Ich habe eine Nachricht von Hans Feldmann«, sagte eine männliche Stimme von draußen, »Machen Sie auf. Sie wissen, was sonst passiert.« Lilly schloss die Türe auf, und ein Mann trat in den Raum. Er schloss die Türe hinter sich und schaltete das rote Licht ein. Es war Jan von der Amsterdam Boat-Rental.

»Du?«, sagte Lilly überrascht, »Was willst jetzt Du von mir?«

»Einen kleinen Anteil fürs Maul halten. Ich hab Dich erkannt, Lilly. Gleich im ersten Moment hab ich Dich erkannt. Klar, Deine Klamotten und die Perücke. Aber Deine Stimme und die Art, wie du das Glas auf dem Boot gehalten hast. Deine Bewegungen. Du bist 'ne miserable Schauspielerin. Schon immer gewesen. Drum bist de' ja hier gelandet. Also, was hast Du mit den beiden falschen Kameraden zu tun? Was hast Du für den Job bekommen?«

»Geht Dich einen Scheißdreck an, Jan Dekker! Hau ab, sonst hol ich die Bullen!«

»Na, na. Wo ist der Typ von vorhin? Der war doch kein Freier! Waren die Mafiakiller hinter ihm her? War ein Bulle, oder? Ganz ehrlich, den Bullen würde ich nicht trauen. Ausserdem könnte ich mich ja plötzlich an Dich erinnern, und dass Du bei der Sache mit dem Makler dabei warst. Wo sind die andern beiden? Und was habt ihr in dem Haus gemacht?«

»Zieh Leine. Ich weiß nicht, was Du willst. Ich hab jetzt Feierabend. Wenn Du noch bumsen willst, musst Du auf die Kollegin warten!« Jan zückte ein Seemannsmesser, packte Lilly grob, drehte sie um und hielt es ihr an den Hals:

»Ich will jetzt eine Antwort. Was habt ihr in dem Haus gemacht? Wer ist Euer Auftraggeber? Was hast

Du bekommen?«

»Hör zu. Ich hab keine Ahnung!«, gab Lilly erschrocken zurück, »Ich wurde angerufen, ich könne mir 1000 Euro verdienen, müsste dazu nur die Assistentin eines Architekten mimen. Ich sollte so tun, als ginge es mir schlecht und mich dann im Haus auf die Toilette zurückziehen. Etwas Theater machen. Später sollte ich mein Geld bekommen und würde hier wieder abgesetzt werden. Da hinten am Schminktisch hängt noch die Perücke, die ich da an hatte. Die beiden Typen stellten sich als Dr. Siemons und Hans Feldmann vor. Mehr musste ich nicht wissen. Sollte ich Fragen stellen oder mit den Bullen darüber reden, würden sie mich abservieren und meine Familie gleich mit. Diese Geschäftsbedingung stellten sie mir aber erst im Auto vor. Ich hatte keine andere Wahl. Und jetzt nimm das scheiß Messer weg!« Jan hielt sie sekundenlang fest.

»Auch ich werde Dich und Deine Familie aus dem Verkehr ziehen, solltest Du singen! Ich war nie hier. Also, haben die beiden Gorillas den Typen eben geschnappt? Wer war das?«

»Ein Bulle. Er wird aber gesucht. Von den eigenen Leuten. Lass mich jetzt bitte los, ich bleibe auch ruhig. Bitte nimm das Messer weg. Du bist doch kein Mörder, Jan.« Lilly hatte das mit sehr sanfter, fast mütterlicher Stimme gesagt. Jan ließ seinen Griff locker. Diesen Moment nutzte Lilly. Sie riss sich los und trat Jan mit dem Knie mit voller Wucht in den Unterleib. Dieser jaulte auf und krümmte sich zusammen. Lilly stieß ihn zur Seite und flüchtete durch die Hintertüre. Sie schloss sie mit dem Riegel ab, damit der Skipper nicht folgen konnte. Der hatte sich aber schnell wieder gefangen und rannte ihr keuchend und etwas gekrümmt hinterher. Doch die verschlossene Türe hielt ihn auf.

»Komm zurück, du Miststück!«, rief er ihr hinterher. Doch Lilly grinste nur, und zeigte der Türe den Mittelfinger.

»Fuck you, Käpt'n!«, rief sie durch die Türe. Sie steckte sich einen Kaugummi in den Mund und ging durch den Gang zum Hinterausgang. Neben der Türe hing ihre Jacke, die sie sich um die Schulter warf.

»Genug gearbeitet für heute«, murmelte sie vor sich hin. Sie schloss die Hintertüre auf und trat hinaus. Auf der kleinen Treppe, deren wenige Stufen zum Hinterhof hinaufführten, saß ein hagerer Mann in einem hellen Mantel. Als Lilly kam, stand er auf.

»Hab schon Feierabend, Henk. Komm morgen wieder«, sagte sie zu ihm und versuchte, sich an ihm vorbeizuschieben. Doch der große Mann schubste die Prostituierte grob zurück vor den Hinterausgang.

»Lilly, Lilly, Lilly. Hast Du gesungen? Der Bulle, die Türken, der Skipper. Du hattest heute ganz schön Besuch. Und keiner hat bezahlt.«

»Hör zu Henk, ich hab jetzt echt keinen Nerv für Dich. Komm morgen wieder, dann kriegst Du auch deine Kohle.«

»Ah, ah. Lilly. Immer nur das Geld im Kopf. Ich will doch gar nicht Dein Geld. Ich muss Dir leider eine Nachricht überbringen.« In diesem Moment hörte man ein lautes Krachen aus der Souterrainwohnung. Jan hatte die Türe aufgebrochen und kam keuchend den Gang entlang. Der große Mann stand auf und zog seine Pistole. Diesmal war kein Schalldämpfer aufgeschraubt, er hatte nicht damit gerechnet, schießen zu müssen.

»Was zum ...«, rief Lilly, als sich Jan schon auf sie warf. In diesem Moment schoss Henk, traf aber nur die Wand. Lilly stemmte sich gegen Jan und beide purzelten wieder in den Gang. Mit dem Fuß stieß Lilly die Türe wieder zu.

»Schnell in die Wohnung!«, schrie sie Jan an. Dieser war nun doch sehr verwundert, aber das Hämmern an der Hintertüre ließ ihn sofort begreifen, dass sie beide in höchster Gefahr schwebten. Sie rannten schnell in die Wohnung zurück. Die Türe zum Gang war nur leider völlig aus den Angeln gerissen und stellte für den Verfolger kein Hindernis mehr dar. Dieser schlug das kleine Fenster in der Hintertüre ein und versuchte von innen die Tür zu öffnen. Da es ein Drehverschluss war, kam er aber nicht heran. Er trat zurück und schoss zweimal auf das Türblech, das schließlich davonsprang. Die Türe war offen. Inzwischen waren einige Passanten vor dem Haus wegen der Schüsse schon eifrig am Telefonieren, um die Polizei zu rufen. Andere rannten in Panik davon. Wieder drangen Schüsse aus der Wohnung. Einer davon zerschlug einen Spiegel. Ein weiterer traf Henk in die Brust. Lilly stand gegenüber des zerschossenen Spiegels und hatte eine Pistole in der Hand. Sie ließ sich auf den Sessel sinken. Jan hatte sich hinter einer offenen Schranktüre versteckt, bereit zuzuschlagen. Nun war er aber wie gelähmt und setzte sich auf das Bett der Prostituierten.

»Ich glaub, ich ruf mal eben zu Hause an, dass es heute später wird im Geschäft...«, sagte Lilly langsam und legte die Pistole auf den Schminktisch, aus deren Schubladengeheimfach sie die Pistole in aller Eile geholt hatte.

31

Ten saß an seinem Schreibtisch, als die Meldung kam, dass ein Schusswechsel an der Herrengracht stattgefunden hatte. Er fuhr sofort mit seinen beiden Kollegen los und erreichte den Tatort ca. 10 Minuten später. Matthijs Breuer war mit seinem Team bereits vor Ort und vernahm die Zeugen in der Souterrainwohnung. Der Notarzt versorgte einen Schwerverletzten, der auf dem Boden lag. Waffen waren bereits sichergestellt. Der Mohairmantel des Opfers lag blutgetränkt am Boden, die Rettungskräfte hatten ihn dem Verwundeten ausgezogen und sein Hemd aufgeschnitten.

»Nehmen Sie ihm alles ab und stellen sie es sicher. Der Mantel geht an die KTU. Ich will, dass alles was der Mann bei sich hatte, eingesammelt wird.«, ordnete der Inspector an.

»Was wollt denn Ihr hier? Das ist nicht Eure Baustelle!«, von hinten rief Jan Perkis ins Zimmer, der sich gerade im Gang zum Hinterhof mit einem Kollegen unterhielt.

»Gehen wir mal raus, hier ist dicke Luft«, sagte Ten zu Matthijs. Sie gingen raus, während sich die beiden anderen Kollegen zum Notarztwagen begaben, um den Verletzten zu bewachen und zu begleiten.

»Was ist hier passiert?«, fragte Ten den Kollegen.

»So wie es aussieht, wurden die beiden von dem Mann im Mantel bedroht und die Frau hat dann geschossen. Interessant dabei ist, dass der eine ein Zeuge in dem Mord an dem schwulen Paar aus der Keizersgracht ist.« Sie wurden von einem der Beamten im Notarztwagen unterbrochen. Mittlerweile hatten die Rettungsassistenten den Verletzten stabilisiert und zum Rettungswagen gebracht.

»Matthijs! Der hat noch so eine Smartwatch. Sollen wir die auch sicherstellen?« Daraufhin wurde der Angeschossene unruhig und stöhnte auf.

»Was hat er?«, fragte Ten.

»Keine Ahnung. Ich gebe ihm nochmal eine Spritze, vernehmen könnt ihr ihn sowieso nicht!«, gab der Notarzt zu Antwort.

»Stellt das Ding sicher. Da kann man vielleicht was auslesen. Und holt endlich die Zeugen aus der Bude da unten raus! Die sollten schon längst raus sein.« In diesem Moment rief einer der KTU-Beamten laut aus der Wohnung:

»Achtung! Sprengkörper! Alles sofort raus!« Aber die Warnung kam zu spät. Einige Sekunden, nachdem die Kollegen die Pulsuhr des Mantelmannes entfernt hatten, detonierte eine Plastiksprengladung im Mantel des Mannes und verwüstete die Wohnung schwer. Jan der Skipper war sofort tot. Lilly lag schwer verletzt in einer Ecke und der KTU-Beamte war zwischen Bett und Wand geschleudert worden, hatte aber außer einem Knalltrauma nur ein paar Kratzer und Prellungen. Die Wucht der Detonation hatte die Fenster der Wohnung nach außen gedrückt, und sogar die gusseisernen Blumenornamentvergitterungen vor den Fenstern zerbrochen, so dass diese in Bruchstücken auf die Straße geschleudert worden waren. Die außen stehenden Personen waren an den Beinen verletzt worden und ein Reifen des Rettungswagens war platt. Insgesamt gab es sechs verletzte Personen. Ten und Matthijs waren zu Boden gegangen, hatten aber keine Splitter abbekommen. In den ersten Minuten nach der Detonation herrschte Chaos. Erst nach und nach konnten sich die Beamten sammeln, Ten klingelten die Ohren wie nach einem Heavymetal Konzert. Erst als die Feuerwehr und weitere Rettungsteams sowie das Sprengkommando und alle verfügbaren Streifenwagen ankamen, kam er wieder richtig zu sich. Nun war auch die Presse da und es gab ein riesiges Durcheinander.

»Wo ist eigentlich Perkis?«, fragte ihn Matthijs Breuer.

»War der nicht Richtung Hinterhof unterwegs? Wir müssen sofort nach ihm sehen!« Doch da kam schon der Hoofdcommissaris persönlich mit schmutzigem Anzug und zerzaustem Haar aus der Seitenstraße.

»Verdammte Sauerei hier!«, rief er und ging etwas taumelnd zu seinem Wagen.

»Herr Hoofdcommissaris! Warten Sie. Lassen sie sich bitte von einem Notarzt ansehen!«, rief ihm Ten hinterher. Aber Perkis schien nicht zu hören und lief weiter. Ten rannte hinterher und fing ihn ein, indem er sich bei ihm einhakte.

»Herr Perkis! Wir brauchen Sie hier. Sie sind der ranghöchste Beamte vor Ort. Sie müssen hier für Ordnung sorgen!«

»Hm? Wer? Ich... äh...«, Perkis räusperte sich: »Natürlich ich, Kammerbrink! Wer sonst? Äh.., wie ist die Lage?«

»Lage? Chaotisch, würde ich sagen. Was sollen wir tun?«

»Absperren. Alles absperren. Evakuieren! Alles evakuieren. Und dann, äh, ... verhaften!« Perkis sah Ten

186

mit einer Mischung aus Verzweiflung und Verwirrung an.

»Absperren ist erstmal gut. Fangen wir damit an.« Ten tätschelte Perkis' Hand und führte ihn zu einem Rettungswagen.

32

Mit einem normalen Abendessen hatte das Gelage bei Ali-Mehmed eigentlich nichts zu tun. Es waren etwa 20 Personen anwesend. Nach den köstlichsten Vorspeisen aus aller Welt gab es nun Fleisch, Fisch und Nudelgerichte. Hätte Kies nach einer Pizza oder Kibbeling und Pommes oder Poffertjes gefragt, wären sie ihm wahrscheinlich auch sofort serviert worden. Es gab Champagner, erlesene Weine, alle möglichen Cocktails, alles wurde auf Wunsch sofort herbeigeschafft. Nein, das war kein reines Abendessen. Dies hier war eine Machtdemonstration. Schaut her, ich habe alles, ich kann alles bestimmen und ich bin hier der uneingeschränkte Herrscher. Über Töpfe und Pfannen, über Gläser und Teller, über Leben und Tod.

»Ich danke ihnen sehr für dieses wahrhaft königliche Mahl,« sagte Kies am Ende, »ich habe Ihre Botschaft verstanden.«

»Sehr schön, mein Lieber«, antwortete der Clanchef,

»Ich möchte sie beide noch für heute einladen, hier zu übernachten. Morgen kann sie dann mein privater Bootsservice zurück in die Stadt bringen. Wie sie im Garten gesehen haben, grenzt dieses Grundstück direkt an einen Kanal. Sehr praktisch hier in den Niederlanden, finden Sie nicht auch? Keine Staus, direkter Zugang zu den Grachten. Und so entspannend, mit dem Boot zu fahren. Fahren sie auch gerne Boot, meine Liebe?« Hannah fühlte sich nach wie vor nicht ganz wohl in ihrer Haut.

»Ich liebe es«, gab sie kurz zurück. Ein junger Mann flüsterte etwas aufgeregt Ali-Mehmed ein paar Sätze ins Ohr. Dieser klatschte wieder im die Hände und rief:

»Es gibt Neuigkeiten. Schaltet mal den Fernseher an, Kinder.«

Ein Wandschrank wurde geöffnet und auf einem Überdimensionalen Bildschirm erschien ein Bericht über eine Bombenexplosion in der Innenstadt. Die Presse spekulierte über einen möglichen Terrorhintergrund, der Polizeisprecher hatte sichtlich Mühe zu erklären, was hier geschehen war. Bisher gebe es keine Hinweise auf einen islamistisch motivierten Hintergrund, die Polizei ermittle aber in alle Richtungen. Es habe einen Toten gegeben und unter den Verletzten seien neben einer Prostituierten auch mehrere Polizisten und Rettungskräfte. Möglicherweise müsse man von einer Beziehungstat im Milieu ausgehen. Die Ursache der Explosion sei noch unklar, es sollen aber laut Zeugenaussagen bereits vor dem Polizeieinsatz bereits mehrere Schüsse gefallen sein, wahrend der Explosion waren Polizei und Retter bereits in dem Gebäude vor Ort. Auf den hektischen Bildern, die gezeigt wurden, konnte Kies Ten und Matthijs ausmachen. Beide waren also wohlauf. Lilly schien die verletzte Prostituierte zu sein.

»Verdammt«, dachte Kies: »wahrscheinlich wieder eine Spur, die zu mir führt. Und wieder ein Toter.«

»Das ist ja eine schöne Bescherung, Kies. Ist das nicht da, wo meine Söhne sie abgeholt haben? Jetzt glaube ich, dass sie uns doch schon heute verlassen müssen. Schließlich müssen Sie eine Aussage machen, oder?« Ali-Mehmed sah Kies süffisant grinsend an. Kies starrte ihn nur an. Ali-Mehmed würde ihn und Hannah nun doch lieber los haben wollen. Schließlich führte die Spur am Ende auch hierher.

»Nun, wie steht es jetzt mit unserer Abmachung? Kommen wir ins Geschäft?«, antwortete Kies schlicht.

»Welche Abmachung, van Beek?«

Ali-Mehmed sprach kurz mit einem seiner Söhne oder Neffen, so genau konnte das Kies nicht unterscheiden.

»Nun, bevor der Abend zu Ende geht, möchte ich noch den Nachtisch servieren lassen. So wie es aussieht, können unsere Gäste nun leider nicht über Nacht bleiben, was ich sehr bedauere. Aber, bevor sie uns verlassen, möchte ich noch einen Raki mit ihnen trinken.« Wieder klatschte er in die Hände und das Dienstmädchen erschien mit einem silbernen Tablett mit einer Flasche Anisschnaps und mehreren Gläsern.

»Schenk ein, meine Kleine. Ich bin bei diesen kleinen Gläsern etwas ungeschickt.« Kies' und Hannahs Blicke trafen sich. Kies erkannte das leichte Kopfschütteln Hannahs und überlegte, wie er Zeit gewinnen könnte.

»Für meine Begleitung bitte keine Alkohol. Sie ist derzeit, äh. . . .«

»Ich bin schwanger! Ist doch kein Geheimnis. Oder, Kies? Warum sollte Herr Cegun das nicht erfahren?«, log Hannah.

»Oh, das ist ja eine Freude. Wie weit sind sie denn?«, fragte Ali-Mehmed.

»10. Woche. Man sieht schon ein bisschen den Babybauch, wenn man mich kennt.« Hannah spielte die Verlegene. Und das tat sie gut, fand Kies.

»Nun, dann sollten wir darauf anstoßen! Auf das neue Leben! Und auf die werdende Mutter! Chin chin! Ich wusste gar nicht, dass Sie Kies schon so lange kennen.«

»Kennen wäre auch zu viel gesagt, Herr Cegun,« antwortete Hannah, »er ist ja nicht der Vater.«

»Ach? Dann gibt es jemanden anderes in ihrem Leben, Hannah? Jetzt machen sie mich neugierig. Ich dachte, sie seien Single gewesen, bevor sie vor zwei Wochen dem Herrn van Beek über den Weg, beziehungsweise über den Radweg gelaufen sind? Komisch. Oder suchen Sie einen Ersatzvater, weil der andere sich aus dem Staub gemacht hat? Oder ist alles hier nur Theater?« Ali-Mehmed blickte jetzt finster drein, seine Stimme war mit jedem Satz lauter und aggressiver geworden. Hannah blickte verschreckt zu Kies. Dieser versuchte die Situation zu retten:

»Hören Sie, Ali-Mehmed. Es ist doch verständlich, dass jemand aus Angst und in Panik ein bisschen flunkert...«

»Wissen Sie, Kies, was man in Arabien mit jemandem macht, der die Gastfreundschaft missbraucht?«, gab Ali-Mehmed zurück. »Man schmeißt ihn raus, in früheren Tagen nach einer Entleibung.«

»Aber ich wurde entführt! Das ist doch ein ganz perfides Spiel. Ich hatte bei jedem Bissen Angst, ich würde vergiftet! Und jetzt dieser entsetzliche Anisschnaps. Ich hasse Anis!«, Hannah drehte nun richtig auf:

»Wissen sie was, sie Möchtegern-Mafiosi? Sie und ihre albernen Gorillas können mich kreuzweise! Ich gehe jetzt nach Hause und keiner wird mich aufhalten!« Hannahs Gesicht war zornesrot. Ihre Wangen glühten, Ihre Stimme überschlug sich:

»Und überhaupt: Das Essen war viel zu viel und wurde nicht aufgegessen, das ist heutzutage gar nicht mehr in Ordnung. Wenn alle so haushalten, ist unser Planet morgen im Eimer. Ich wollte heute eigentlich zur Demo. Aber die Herren meinten ja unbedingt, mich hierher verschleppen zu müssen! Das ist eine Unverschämtheit. Und dann diese Beobachtung. Wie lange stellen Sie mir schon nach?«

»Hören Sie, Hannah...«, versuchte Ali-Mehmed sie zu beschwichtigen. Aber Hannah redete sich nun richtig in Rage. Sie schrie Cegun förmlich an:

»Nein! Sie hören jetzt zu. Mir reicht's. Ich will sofort ein Taxi. Und Sie bezahlen dafür. Das ist das Mindeste. Und Du, Kies kannst entweder mitkommen oder hierbleiben, das ist mir so was von egal!« Sekundenlang starrte Mehmed-Ali sie an. Dann begann er plötzlich zu lachen.

»Sind sie fertig? Gut. Ich wollte gerade vorschlagen, dass Sie beide sich in ein Taxi setzten und zurück in die City fahren. Aus Höflichkeitsgründen hätte ich ihnen noch ein Hotelzimmer, oder natürlich auch gerne zwei, spendiert, wegen der Unannehmlichkeiten. Da sie, lieber Kies, Beamter sind, dürfen sie das natürlich nicht annehmen, aber Sie, Frau Bovenkamp, werden doch meine Entschuldigung annehmen?«

»Sie können sich Ihr Hotel. . . . .«, weiter kam Hannah nicht, Kies hatte sie am Arm gehalten und fiel ihr ins Wort:

»Das ist eine sehr nette Geste. Frau Bovenkamp nimmt gerne an. Ich begleite sie gerne bis ins Hotel.«

»Na fein. Das Taxi wartet bereits draußen. Ich wußte, Sie sind kooperativ. Und nun: Leben Sie wohl. Bei unserem nächsten Treffen werden wir sicher nicht so viel Spaß haben.«

Ali-Mehmed ging einfach hinaus und ließ die beiden einfach stehen.

»Na, dann...«, meinte Kies.

»Wie? Jetzt einfach so? Ich versteh nur Bahnhof.«

»Komm Hannah, wir gehen raus.« Draußen wartete tatsächlich ein Taxi. Der Fahrer motzte etwas, weil er schon eine Weile gewartet hatte, als er aber von Ali-Mehmeds Sohn einen 200 Euroschein in die Hand gedrückt bekam und dazu eine Adresse in Amsterdam Overtoom, murmelte er nur »Okay« und fuhr los. Hannah umarmte Kies auf dem Rücksitz und sie küßten sich. Auf dem Weg in die Stadt kamen mehrere Polizeiautos mit Blaulicht und heulenden Sirenen sowie 2 Busse des Sondereinsatzkommandos in entgegengesetzter Richtung an ihnen vorbei.

»Na, die haben heute wieder mal Großalarm. Wahrscheinlich wegen des Bombenterrors in Jordaan«, meinte der Taxifahrer.

»Wahrscheinlich«, gab Kies kurz zurück.

33

Gerade als Ten Kammerbrink zu seinem Schreibtisch im Headquaters zurückkkam, entdeckte er darauf einen Zettel. In kryptischen Lettern stand eine Nachricht von Rul de Beer aus der IT-Abteilung. Er hatte sich an einen Mitarbeiter der Softwarefirma erinnert, mit dem er sehr intensiv zusammengearbeitet habe. Dieser habe aber vor etwa einem Jahr die Firma verlassen. Er sei maßgeblich an der Entwicklung der Programme für die Amsterdamer Polizei beteiligt gewesen. Einen Grund für die Beendigung der Beschäftigungsverhältnisses habe Rul nicht herausfinden können, die IT-Firma habe sich damals bedeckt gehalten. Leider wisse Rul den Namen nicht mehr, und auch sonst könne er kaum Angaben zur Person machen. Ten rief ihn sofort an und machte ein Treffen mit ihm aus. Ten hatte einen Bärenhunger und rechnete nicht damit, heute noch nach Hause zu kommen. Kurz nach 9 Uhr abends saßen sie in der Cafeteria der Polizeipräsidiums, die bis

22 Uhr geöffnet hatte.

»Wer war denn nun dieser Mitarbeiter?«, fragte Ten.

»Er war extrem fit im Programmieren, konnte vernetzt denken und hatte für alle Probleme der Software sofort Lösungen. Besonders schnell konnte er verschiedene Bereiche miteinander verbinden. Er beherrschte mindestens sechs Programmiersprachen.«

»Schön Rul, und wie hieß er?«

»Hm, keine Ahnung.«

»Wie sah er denn aus, hat er was Privates erzählt, hat er Familie? Komm schon Rul, irgendwas!« Ohne irgendeine Absprache waren die beiden zum Du übergegangen und hatten es nicht einmal gemerkt.

»Hm, weiß nicht, darüber haben wir nicht gesprochen.«

»Wie lange habt ihr denn zusammengearbeitet?« Rul erzählte, dass er fast ein Jahr täglich in Kontakt mit dem Softwareprogrammierer stand, oftmals auch hier im Haus. Manchmal bis zu 10 Stunden am Tag. Ten war fassungslos. Jemand, mit dem man soviel Zeit verbringt, den lernt man doch zwangsläufig etwas besser kennen. Ten bohrte und bohrte. Aber de Beer fiel nur ein, dass der Typ etwas verwahrlost war und manchmal streng roch.

»Tut mir leid Ten, mehr weiß ich echt nicht. Aber

alle Leute, die für die Polizei tätig waren und sind, werden genauestens durchleuchtet und müssen Führungszeugnisse nachweisen. Ich kann mir nicht vorstellen, dass es hier Leute gibt, die nicht einwandfrei überprüft wurden.«

»Also gut. Ich brauch die Softwarefirma. Alle Ansprechpartner. Und alle Namen der Leute, die für uns gearbeitet haben.«

»Kein Problem. Ich schicke Dir eine mail«, gab Rul zurück. Ten schüttelte den Kopf.

»Ah,ah, keine Mail, nur einen Zettel mit Namen.«

»Oh, Mann. Ich hab seit meiner Schulzeit nicht mehr soviel handschriftlich geschrieben. Kann ich es nicht ausdrucken?«

»Es gibt einen Grund für diese Vorgehensweise. Und das haben wir doch hinlänglich geklärt. Am Besten Du gehst zu dieser Firma hin und notierst Dir vor Ort alles.«

»Bin ich Aussendienstler? Da kann doch irgendein BOA gehen. Das ist doch auffällig, wenn ich dort nachfrage, oder?«

»Hm, ich merke schon, Du hast keinen Bock aufs Klingelputzen. Ich schau mal, wen ich schicken kann. Übrigens, warst Du auch per Du mit dem Programmierer?«, fragte Ten.

»Na klar, wir verstanden uns prima.«

»Und Du weißt nicht mal seinen Vornamen?« Ten blickte Rul skeptisch an.

»Bert, oder so?«, gab Rul kleinlaut zurück. Ten seufzte:

»Na gut, wir finden es heraus.«

Ten hatte sein Sandwich noch gar nicht angerührt und packte es in die Serviette. Auf dieser hatte er den Namen der Firma notiert: »Delphi orac«, Sitz in Amsterdam. Er verabschiedete sich von Rul de Beer und spurtete zurück ins Büro und hielt Ausschau nach der Polizeianwärterin Antje, eine Aspirantin, die er für sehr fähig hielt. Er wollte nicht alleine los, Ten brauchte jemanden neuen, einen Unbefangenen. Sie war seit einem halben Jahr dabei und hatte die Polizeischule mit Auszeichnung abgeschlossen. Er fand sie im Kopierraum.

»Frau van Vollenhoven, haben Sie mal eine Minute? Ich hätte einen Auftrag und würde Sie gerne mitnehmen.«

Antje van Vollenhoven war nicht nur eine top Absolventin, sie war auch ausnehmend hübsch.

»Einen Moment, Herr Inspector, ich bin gleich fertig.«, gab sie zur Antwort. Eine Minute später saß sie bereits bei Ten am Schreibtisch, der ihr ihre Aufgabe erklärte.

»Ist denn da heute überhaupt noch jemand zu sprechen? Es ist Freitag Abend und wir bräuchten zudem eine richterliche Anordnung für solche Auskünfte. Herr Inspector, ich fürchte, dass wird bis Montag warten müssen.«

»Äh. Das ist mir klar, welcher Tag heute ist. Aber wir müssen alles tun, um an diese Informationen zu kommen. Und es gibt noch eine Schwierigkeit. Wir dürfen keine digitalen Medien benutzen. Also auch kein Handy, keinen Computer, kein Internet.«

»Hä?«, entfuhr es ihr, »Äh, ich meine, warum denn das?«

»Aus ermittlungstechnischen Gründen!« Ten beugte sich vor und flüsterte ihr ins Ohr: »Wir haben womöglich ein Datenleck. Werden abgehört. Wie auch immer.« Ten lehnte sich wieder zurück und Antje zog staunend die Augenbrauen hoch. Ten nickte.

»Gut«, sagte Antje, »dann sollten wir gleich losfahren. Wenn es keine andere Möglichkeit gibt, müssen wir halt hin.«

»So sieht es aus«, grinste Ten und stand auf.

Weil kein anderes Fahrzeug zur Verfügung stand, nahmen sie einen Streifenwagen. 15 Minuten später standen sie vor dem Bürogebäude in der Molukkenstraat 200 im indischen Viertel. Es drang noch Licht aus einigen Büros, ob das jedoch die Putzfirma oder der Sicherheitsdienst war, oder wirklich noch jemand arbeitete, war noch unklar. Sie klingelten an der Eingangstüre. Ten wollte schon aufgeben, aber Antje klingelte Sturm.

»Mein Bruder hört auch nicht, wenn er am PC zockt. Nur wenn man ihm auf den Sack geht, macht er auf.« Und tatsächlich, nach mehreren Minuten Dauerklingeln ging Licht im Treppenhaus an und jemand kam herunter. Er schloss die Türe auf und begann schon zu sagen:

»Sagt mal, habt ihr den A...«, als er die Uniform erkannte und verstummte. Er trug eine dicke, schwarze Brille, hatte einen Bart und zerzauste Haare. Auf seinem T-Shirt grüßte Yoda mit seinem »Möge die Macht mit Dir sein«.

»Inspector Ten Kammerbrink, Kriminalpolizei Amsterdam, und das ist meine Kollegin Antje van Vollenhoven.« Zu seinem Spruch zeigte Ten seinen Dienstausweis.

»Und wer sind sie?«

»Äh, Mark de Jonge, ich arbeite hier bei Delphi oc. Ist was passiert?«

»Wir ermitteln in einem Mordfall. Können wir reinkommen?«

»Äh, ich weiß nicht, keine Ahnung, da muss ich den Chef anrufen. Bitte warten sie hier.« Ten hatte Bedenken, dass der Chef zuerst seinen Anwalt anrufen würde und dann eine richterliche Verfügung wollte.

»Hören Sie, Herr de Jonge. Es geht um Leben und Tod. Lassen sie uns das nicht hier auf der Strasse besprechen. Ich rede auch gerne selbst mit ihrem Chef. Aber drinnen. Wir wollen doch kein Aufhebens?«

»Äh, ich weiß nicht...«, stammelte de Jonge.

»Wir fassen nichts an, durchsuchen nichts, haben nur ein paar Fragen. Dann sind wir in 10 Minuten auch wieder weg. Ihr Chef wird froh sein, wenn wir hier nicht mit dem großen Besteck auffahren.«

»Großes Besteck?«, fragte de Jonge irritiert.

»Ganz großes Besteck!«, fügte Ten hinzu, »Also, gehen wir jetzt rein?« De Jonge nickte zögernd, winkte sie dann doch herein und drehte sich um. Hinter ihm grinsten sich die beiden Polizisten an. Im ersten Stock lagen die Büros der Softwarefirma. Ten hatte erwartet, Schreibtische voller Bildschirme und Hardwareteile zu sehen, aber nichts war so, wie er es sich vorgestellt hatte. Die meisten Schreibtische waren, bis auf eine Lampe und ein paar persönlichen Gegenständen der Mitarbeiter, leer.

»Hier arbeiten gar nicht so viele Leute, Herr de Jonge? Ich habe nur drei benutzte Schreibtische gesehen.«

»Wir sind 80 Leute hier. Im Moment. Wir suchen händeringend Personal. Die meisten arbeiten im Homeoffice. Ich hab heute Spätschicht und um 11 kommt dann der Kollege von der Nacht. Ich rufe jetzt den Chef an.«

»Moment noch. Vielleicht können Sie uns auch helfen. Wie lange sind Sie denn schon hier?« Ten wollte das mit dem Chef so lange wie möglich hinauszögern.

»Seit heute Nachmittag, ich hab also ein Alibi ab zwei, falls sie das wissen wollen. Herr Kommissar. Aber worum geht es eigentlich?«

»Nein, nein, ich meine, seit wann arbeiten Sie für Delphi oracle?«

»Delphi orac. Das l-e wäre dann eine andere Firma. Ich bin schon vier oder fünf Jahre hier, oder? Ja, genau fünf Jahre. Also seit 2013.«

»Das wären dann sechs Jahre. Aber egal. Wissen Sie, wer an dem Polizeiprojekt der letzten Jahre beteiligt war?« fragte Ten weiter. De Jong sah ihn verständnislos an. »Mindestens sechs Teams. Und bis heute sind noch zwei im Support. Aber alle Namen kann ich nicht sagen.«

»Und Leute, die im letzten Jahr gegangen sind, beziehungsweise die Firma verlassen haben, und vorher bei dem Projekt dabei waren? Kennen Sie da welche?«

Jetzt wurde es interessant für Ten.

»Nur der Häcki. Hat vor einem Jahr gekündigt.«

»Häcki?«, fragte Antje: »Nachname?«

»Häcki ist ein Spitzname. Den Richtigen müsste der Chef wissen. Ich ruf den jetzt mal an.« De Jong nahm das Telefon in die Hand und wählte eine Mobilnummer.

»Hallo? Hier ist Mark. Die Polizei ist da. Du sollst herkommen. Was? Nee, keine Durchsuchung,...Äh, naja, was hätte ich denn machen sollen? ...Ok, ich sag Bescheid.« De Jonge beendete das Gespräch.

»Also gut, ist unterwegs. Dauert aber etwa eine halbe Stunde. Möchten Sie Kaffee?«

»Gerne«, sagte Ten, »und Sie erzählen uns inzwischen von diesem Häcki.« De Jonge ging zu einer kleinen Kaffeebar mit Sitzgruppe in der Mitte des Großraumbüros und hantierte umständlich mit einer überdimensionalen italienischen Kaffeemaschine.

»Nehmen sie doch Platz. Einen Espresso, Cappuccino oder was anderes?«

»Espresso, bitte«, sagten Ten und Antje fast gleichzeitig. Sie hatten den gleichen Gedanken. Nur nicht den Zeugen überfordern. Dieser verursachte tatsächlich eine Riesensauerei an der Maschine, verstreute das

Mahlgut und drehte an den falschen Reglern. Überall dampfte und zischte es, aber nach etwa 10 Minuten hatte er es tatsächlich geschafft, zwei Espressi fertigzustellen. Sie setzten sich in die Sitzgruppe.

Alles in Allem konnte er wenig zu Häckis Persönlichkeit sagen, nur dass er eine Art Programmier-Legende innerhalb der Firma gewesen sei. De Jonge habe stets geglaubt, er wisse schon einiges, aber Häcki habe definitiv in einer anderen Liga gespielt. Sein Weggang sei für die Firma ein herber Verlust gewesen, wenn auch niemand genau verstanden habe, warum er überhaupt gegangen war. Laut Arbeitsvertrag würden Ex-Mitarbeiter mindestens zwei Jahre keine eigene Firma im Bereich IT gründen dürfen und seien auch weiterhin an das Betriebsgeheimnis gebunden. Ten und Antje sahen sich an und zuckten mit den Schultern. Wer sollte das denn überwachen?

Kurz darauf kam jemand in das Großraumbüro. Es erschien eine sehr elegante Frau um die Vierzig. De Jonge sprang sofort auf und half ihr aus dem Mantel.

»Lieke Martens, Geschäftsführerin von Delphi Orac, Amsterdam, guten Tag. Was geht hier vor?«

Ten sagte wieder sein Sprüchlein und stelle sich und seine Kollegin der Geschäftsführerin vor. Er kam gleich zur Sache und fragte nach Häcki.

»Gut, ich verständige jetzt erst einmal unseren Anwalt. Sie werden verstehen, dass wir keinerlei Auskünfte über Mitarbeiter geben, auch wenn diese unsere Firma bereits verlassen haben. Wenn Sie am Montag wieder kommen, kann ich ihnen gerne einen Termin im Beisein unserer Anwälte geben. Aber heute finde ich diesen »Überfall« hier sehr unpassend. Ich war gerade in einem privatem Termin und ärgere mich gerade sehr über Ihr Auftreten«, sagte Lieke Martens und zückte ihr Mobiltelefon.

»Das tut mir sehr leid, aber die Umstände fordern manchmal eine unkonventionelle und vor allem schnelle Vorgehensweise. Sie haben sicherlich von der Bombenexplosion am frühen Abend gehört? Es scheint eine Verbindung zu ihrem ehemaligen Mitarbeiter »Häcki« zu geben. Ich sage es mal so. Sie geben mir jetzt den Namen und alles was Sie sonst noch von ihm wissen und wir gehen. Am Montag wird hier keine Durchsuchung stattfinden und kein Medienbericht über Verstrickungen von Mitarbeitern ihrer Firma in kriminelle Machenschften und Beteiligung an einen Bombenanschlag zu finden sein. So einfach und pragmatisch.« Lieke Martens kaute auf ihrer Unterlippe.

»Das ist Erpressung!«

„Nein, das ist unkonventionell, schnell und diskret.

Und kein Wort, keine E-mail, keinen post und kein Telefonat über die Sache. Sie werden alles Weitere von uns erfahren.« Kurz nach 22 Uhr verließen Antje und Ten die Molukkenstraat und machten sich auf den Weg zu einer Adresse in Haarlem. Als sie auf halben Weg waren, klingelte das Mobiltelefon von Ten.

»Hallo, Kollege. Kannst Du bitte ins Café Oranje kommen?«

»Kies! Was? Jetzt gleich?«

Kies hatte schon wieder aufgelegt. Ten kannte das Lokal. Das Café war in der Bilderdijksstraat. Ten bog links ab und kehrte um.

»Die Kneipe liegt auf dem Weg. Das passt. Vielleicht können wir ihn aufgabeln.«

»Wen? Kies van Beek? Der wird doch gesucht. Wir müssen die Kollegen benachrichtigen. Wir brauchen dringend Verstärkung!« Antje zog ihr Handy heraus.

»Ganz ruhig, Kollegin. Kies ist die Verstärkung. Wir müssen autonom operieren. Vertrauen sie mir. Das hier wird ihre Beförderung.«

»Nach allen Regeln wird das unsere Entlassung! Sie übernehmen die Verantwortung!«

»Selbstverständlich. Aber keine Panik, Kies ist sozusagen verdeckt unterwegs. Nur wenige sind eingeweiht, und nun auch Sie.«

Antje sagte nichts mehr. Sie war hin und hergerissen. Einerseits widersprach das hier allen Vorschriften, andererseits schienen sie eine richtig heiße Spur zu haben. Fünf Minuten später waren sie an der Kneipe angekommen. Von Kies war keine Spur zu sehen. Ten ging hinein und fragte nach. Antje blieb im Wagen sitzen und überlegte fieberhaft. Sie kaute an den Nägeln. Das hatte sie schon lange nicht mehr getan. Als sie sich selbst dabei ertappte, riss plötzlich jemand die hintere Beifahrertüre auf und sprang in den Wagen. Antje zog ihre Waffe und brüllte sofort los, wie sie es gelernt hatte:

»Hände hinter den Kopf! Ich habe Sie im Visier. Eine falsche Bewegung und ich schieße!«

Sie sprang aus dem Wagen, riss die Hintertüre auf und forderte den Mann auf, das Auto sofort zu verlassen. Er hatte einen etwas komischen Aufzug, trug eine rot glänzende Collegejacke, eine enge dunkle Jeans mit übernähten Löchern, eine übergroße, schwarze Baseballkappe und weiße Turnschuhe. Das Gesicht passte nicht so recht zum jugendlichen Rapperoutfit. Der Mann hatte offensichtlich getönte Schläfen und war bestimmt schon über Vierzig. Über der rechten Augenbraue klebte ein großes Pflaster, dass die Kappe nicht ganz verdecken konnte.

»Ich ergebe mich«, sagte der Mann grinsend, nachdem er langsam mit erhobenen Händen ausgestiegen war.

»Mein Name ist Kies van Beek!«

34

»Darf ich Dir unsere neue Aspirantin Antje van Vollenhoven vorstellen, Kies?«, fragte Ten Kammerbrink, als er von der Kneipe zurück auf die Strasse zum Streifenwagen kam und die Verhaftungssituation sah.

»Sehr angenehm. Könntest Du sie bitten, die Waffe zu sichern und einzustecken? Ich hatte da gestern eine blöde Begegnung.«

»Antje, es ist gut. Wir müssen jetzt sofort weiter. Unserer Spur ist heiß. Kies, wir haben einen Verdächtigen. Und nur wir beide kennen ihn. Du musst mit, wir brauchen Verstärkung.«

»Eigentlich wollte ich mich stellen. Und ich hab jemandem im Café Oranje sitzen, der auf mich wartet«, gab Kies zu bedenken.

»Steig ein, ich erzähl Dir alles auf dem Weg, wir müssen los, oder soll dieser Jemand mitkommen?«, fragte Ten und schob Kies in das Auto.

»Ich hab nicht mal eine Waffe«, sagte Kies als alle

drei im Wagen saßen, »und ich müsste noch kurz im Café Bescheid geben, dass ich weg muss...«

»Keine Zeit! Wir müssen los!« Ten fuhr, Antje saß auf dem Beifahrersitz und Kies hinten.

Im Café sah Hannah, wie Kies im Auto wegfuhr.

»Na toll«, sagte sie sich, »jetzt haben sie ihn geschnappt!« Kurz darauf kam ein etwa 50-jähriger Mann herein, der, so wie er gekleidet war, offensichtlich Mechaniker war und gerade aus seiner Werkstatt zu kommen schien.

»Machst Du mir ein Bier?«, fragte er die Bedienung hinter dem Tresen. Als er Hannah sah, ging er gradewegs auf sie zu und sprach sie an:

»Nanu, wer bist denn Du? Dich hab ich hier noch nie gesehen. Mit wem bist Du denn hier, oder bist Du alleine?«

»Kennst Du Kies? Mit dem bin ich grade gekommen. Aber nun ist er weg«, sagte Hannah.

»So kenn ich ihn auch. Kaum ist er da, ist er auch schon wieder weg. Ich heiße übrigens Gijs. Darf ich Dich zu einem Bier einladen?«

Im Polizeiauto saß Antje wie auf Kohlen.

»Wir könnten aber immer noch sagen, das wir ihn geschnappt haben«, meinte sie wieder zu Ten, »dann wäre doch alles viel einfacher. Das würde den Täter in

Sicherheit wiegen.«

»Hm, das wäre durchaus möglich. Aber wie wir gesehen haben, schreckt er nicht davor zurück, Unbeteiligte zu verletzen oder gar zu töten. Sollten wir jetzt den richtigen Mann haben, können wir die Sache heute zu Ende bringen.«

»Wenn überhaupt dieser Häcki dahintersteckt. Wie heißt er doch gleich richtig? Davy Kuipers? Gibt's doch bestimmt Dutzende, die so heißen!«, gab Antje zu bedenken.

»Dann wäre der Personalbogen gefälscht. Das ist natürlich möglich. Andererseits arbeitete Kuipers schon so lange für die Firma, dass er schon sehr lange mit falschem Namen leben müsste. Wir müssen es riskieren, eben mit Kies als Verstärkung. Falls die Adresse noch stimmt...«, gab Ten zurück.

„Hey, das finde ich jetzt nicht schön, dass ihr über mich redet, während ich hier hinten sitze! Antje, seien Sie versichert, dass alles in Ordnung geht. Mir wäre es zwar lieber gewesen, er hätte Sie nicht mit hineingezogen, aber ihm ist ja der Partner abhanden gekommen«, witzelte Kies von hinten.

»Hey, jetzt redet ihr aber über mich. Ich bin auch hier!« Kies grinste. Ten war schon richtig. Vom ersten Tag an war er ihm sympathisch gewesen und trotz des Altersunterschiedes verstanden sich die beiden sehr gut. Ähnlich schien die Chemie zwischen Antje und Ten zu sein, wenngleich Kies sehr skeptisch war, gerade jetzt eine junge, unerfahrene Anwärterin mit ins Boot zu holen.

»Sagt mal, wo habt ihr euch eigentlich getroffen?«, fragte Kies.

»Am Kopierer«, sagten beide wieder gleichzeitig und mussten lachen. Kies rollte mit den Augen.

»Aha, das klingt ja sehr spannend. Also passt auf, wir müssen uns überlegen, wie wir vorgehen. Ich schlage vor, dass Ten und ich in die Wohnung gehen und Sie im Wagen bleiben und notfalls Verstärkung holen. Ich möchte nicht, dass Sie gefährdet werden.«

»Was? Und deswegen bin ich jetzt dabei? Das ist ja lächerlich!«

»Das ist eine Dienstanweisung, Frau van Vollenhoven! Sie sichern uns ab. Das ist extrem wichtig. Wenn Sie das nicht können...«

»Kies, lass gut sein!«, fiel Ten ihm ins Wort, »Unsere Kollegin weiß Bescheid. Und, bei allem Respekt: Ich gehe vor. Dienstgrad hin oder her. Du hast nicht mal 'ne Waffe.«

»Dann gib mir Deine! Ich bin der Vorgesetzte!«, herrschte Kies ihn etwas zu laut an. Ten fuhr einfach weiter und schwieg. Kies seufzte.

»Ten, sorry. Ich hatte eine schwere Woche. Hast Du schon vergessen, das Ajax rausgeflogen ist? Also gut, Du behältst Deine Waffe, ich halte mich im Hintergrund. Die Kollegin behält ihre Kanone auch, sie scheint ja gut damit umgehen zu können.«

Ten nickte und grinste:

»Siehst Du. Kopf hoch. Vielleicht klappt es ja nächstes Jahr mit der Champions-League.« Sie waren bereits auf halbem Weg zu der Adresse in Haarlem, als ein Funkspruch sie erreichte.

»Hauptquartier an Wagen 42, bitte melden!« Ten nickte Antje zu und sie nahm den Sprechfunk über das Gerät an ihrer Uniform an.

»Hier Wagen 42, Aspirantin van Vollenhoven, bitte kommen.«

Das Hauptquartier wolle wissen, wohin die Beamten unterwegs waren. Ten sagte, sie solle angeben, dass sie auf dem Rückweg zum Präsidium waren. Dann fuhr er den nächsten Taxistand an.

»Wir müssen uns trennen. Antje, ich glaube, das Beste ist, Sie fahren den Wagen zurück. Kies, wir beide fahren mit dem Taxi nach Haarlem. Wieviel Bargeld hast Du?«

»Ungefähr 200, müsste also reichen.«

»Gut. Antje, fahren Sie zurück. Falls wir uns nicht melden, gehen Sie zu de Groot und schicken spätestens um 23 Uhr das Sonderkommando nach Haarlem. Die brauchen dann auch noch mindestens 20 Minuten bis sie da sind. Uns bleibt also gut eine halbe Stunde, um Kuipers hochgehen zu lassen, wenn er in der Wohnung ist. Er darf nur vorher nichts mitbekommen!«

»Und es steht fest, dass er alles weiß, was irgendwie als digitale und mediale Information unterwegs ist!«, fügte Kies hinzu. So trennten sie sich. Kies und Ten stiegen in ein Taxi, Antje setzte sich ans Steuer des Streifenwagens und fuhr zurück in die Marnixstraat.

35

Er starrte auf seinen Hauptmonitor. Seine Spieler, oder wie er sie nannte, Avatare, waren alle heute auffällig ruhig geblieben. Es gab kaum noch Bewegungssignale. Dass er van Beek nicht mehr unter Kontrolle gehabt hatte, empfand er zunächst als Ansporn, ihn noch intensiver zu jagen. Steuerbar war er sowieso nur bedingt. Er hatte Lila aktivieren müssen, um ihn auf eine falsche Fährte zu locken, was wahrscheinlich aber nicht geklappt hatte. Gut, der Kommissar war untergetaucht und hatte sein Aussehen so verändert, dass er ihn mit den einfachen Überwachungskameras und seinen Gesichtserkennungsprogrammen bisher nicht hatte aufspüren können. Bis jetzt hatte sein Programm, welches alle Aufnahmen von Kies automatisch für andere User unsichtbar gemacht hatte, gut funktioniert. Nun war er auch für ihn unsichtbar geworden. Aber über kurz oder lang würde er ihn bestimmt finden. Ein Update der Gesichtserkennungssoftware des amerikanischen Geheimdienstes lief grade. Vielleicht hätte er auf die Chinesen setzen sollen, die waren da viel rigoroser. Ein neuer Killer war ebenfalls schon am Start.

Gerade lief der Polizeieinsatz bei den Cegun-Leuten, die sich sehr von den anderen Banden in der Stadt unterschieden. Ihr Chef Ali-Mehmed war sehr schlau und setzte nicht auf moderne Medien. Es war sehr mühselig, alle Handys seiner Leute zu überwachen und der Dialekt, den sie sprachen, machte es seinen Spracherkennungsprogrammen sehr schwer. Hier sollte die Polizei selbst aufräumen. Er hoffte, dass sich ein Schusswechsel und einige Verhaftungen im Cegunhaus ergaben. Er würde live dabei sein und auf eine passende Situation warten, um einen Schießbefehl einzuleiten. Vielleicht erwischte es den Chef, dann würde er Beweise implantieren, die Ali-Mehmed als den Kormoran oder seinen Komplizen darstellte. Denn möglicherweise war auch van Beek dort. Auch den könnten eventuell die eigenen Leute gleich erledigen. Plötzlich wurde ihm übel und es flimmerte vor seinen Augen. Nach Sekunden war das Gefühl wieder weg. Er schüttelte den Kopf.

Aber was war mit Perkis und de Groot? Warum gab es plötzlich hier keine sichtbaren Aktivitäten mehr? Ihre Mobiltelefone und Computer waren offline, und irgendwer checkte alle möglichen Überwachungsvideos. Hatte er etwas übersehen? Ten und eine Anwärterin hatten vor kurzem den Polizeiparkplatz verlassen. Er musste sie zurückbeordern. Schnell gab er ein paar Befehle ein und eine computergenerierte Stimme kontaktierte per Funk den Streifenwagen 42. Gut. Etwas Zeit gewonnen. Doch da meldete sich wieder sein Magen. Er knurrte wie verrückt. Der Mann stand auf und wollte in der Wohnung nach Essbarem suchen. Ihm wurde sofort schwindlig. Er musste unbedingt essen. Aber die Kontrolle? Wie konnte er die Kontrolle behalten? Er dachte an früher, als er Panikattacken bei Prüfungen mit viel Zucker, beziehungsweise mit Schokoriegeln in den Griff bekommen hatte.

Das war es: Er brauchte Zucker. Cola. Schokolade. Irgendwas. Und zwar schnell.

Um die Ecke gab es einen Winkeltje, so wie früher zu Hause auch. Dort konnte man alles bekommen, was er jetzt brauchte. Wenn, dann war er in spätestens Fünf Minuten zurück. Fünf Minuten! Er setzte den Einsatz des Arrestatieteams auf Warteposition. Er hatte Angst, während dieser wichtigen Situation zu kollabieren, was ihm schon einmal passiert war. Er startete den Totmannschalter des Programmes, der eine Selbstzerstörung einleiten würde, wenn er nicht zurückkam und ging dann zur fünffach gesicherten Wohnungstüre. Der Mann steckte seinen Schlüssel ein, denn er hatte sich schon häufig ausgesperrt, was wieder zu Panik führen würde. Dann lief er hinaus, kam aber nach wenigen Sekunden wieder und steckte die Walther P99Q in den Hosenbund.

»Sicher ist sicher«, murmelte er und ging hinunter zum Laden. Niemand kannte seinen Namen, niemand kannte sein Gesicht. Er war unsichtbar. Er hatte eine Waffe. Er hatte die Kontrolle! Sogar die Polizei musste warten, bis er seine Befehle gab. Er war der Kormoran!

36

Die Fahrt mit dem Taxi dauerte an diesem Abend nicht sehr lange, nach weiteren 15 Minuten hatten Kies und Ten ihr Ziel erreicht. Am Klingelschild der besagten Adresse stand tatsächlich ein D. Kuipers. Die beiden Polizisten sahen sich an. Sie wollten erstmal nicht klingeln und versuchen, anderweitig in das Gebäude zu gelangen. Nach dem Klingelschild musste sich die Wohnung in der 2. Etage befinden.

»Vielleicht hinten rum?«, fragte Kies.

»Warte hier, ich schau mal, ob ich irgendwie hinter das Haus komme.« Kies lief um den Block und fand einen Eingang, der zu einem Hinterhof führte. Er ging hinein. Das Haus hatte einen rückwärtigen Hauseingang, davor standen junge Leute, rauchten und unterhielten sich. Es roch würzig.

»Hey«, sagte Kies, »Könnt ihr mir helfen? Ich suche Davy.«

»Wen? Wohnt der hier im Haus? Ist uns nicht bekannt.« Die jungen Leute, zwei Männer und eine Frau Anfang 20 sahen Kies im schummrigen Hoflicht etwas bedröppelt an. Die drei waren offensichtlich stoned.

»Willste auch mal, Du Gangsta-Rapper?« Die anderen beiden lachten laut. Kies blieb locker und fragte nochmal nach Davy Kuipers.

»Ja, Kuipers wohnt im 2., aber ob der Davy heißt? Hab ihn nur einmal gesehen. Ist schon eine Weile her. Bestellt alles online, sogar das Essen. Ziemlicher Freak.«

»Der geht doch nie raus. Was is mit ihm, bist Du ein Kumpel von Ihm?«

»Jo. Waren auf der Schule zusammen«, log Kies schnell, ärgerte sich aber dann gleich wieder darüber, denn Kuipers war vermutlich viel jünger als er.

»Da hast Du dich aber gut gehalten. Der Kuipers schaut älter aus als Du«, meinte einer der Männer.

»Quatsch,« fügte die junge Frau hinzu, »Kuipers ist doch höchstens Anfang 30. Ist halt extrem ungepflegt.«

Kies musste sich jetzt beeilen, wenn er mit Ten noch vor dem Rollkommando in der Wohnung sein wollte.

»Ich schau mal, ob er da ist. Kann ich gleich hier rein?«

»Klaro, Alter«, meinte einer der jungen Männer und hielt ihm die Hintertüre auf. Kies ging durch das Treppenhaus nach vorne, ließ Ten ins Haus und beide gingen hoch zum 2ten Stock. Die Wohnungstüre unterschied sich durch nichts von den Anderen, das Haus war sehr ordentlich. An der Türe stand kein Namensschild und der einzige Hinweis, den sie auf Kuipers hatten, war der, das es nur zwei Wohnungen in dieser Etage gab und an der anderen Türe Wijs/de Reuter stand. In diesem Moment kamen die drei jungen Nachbarn die Treppe herauf und gingen in die andere Wohnung im 2ten Stock.

»Na, ist Dein Kumpel nicht da?«, grinste der eine.

»Sieht ganz so aus. Hoffentlich ist ihm nichts passiert.«, meinte Kies.

»Schluss mit dem Theater!«, sagte Ten und zog seinen Polizeiausweis heraus, »Das ist ein Polizeieinsatz! Gehen Sie in die Wohnung und verschließen Sie die Türe. Sofort!«

»Ho, ho die Staatsmacht!«, lachte der andere Junge. Aber die beiden anderen schoben ihn schon in den Flur und schlossen die Türe.

»Auf drei!« sagte Kies. Die beiden warfen sich mit aller Kraft gegen die Türe, die aber nur wenig Widerstand leistete.

»Polizei!«, brüllte Kies und Ten schob sich mit gezogener Waffe in den Gang.

Die Wohnung war von oben bis unten zugemüllt und es stank erbärmlich. Aber niemand war da.

37

»Verdammt. Der Vogel ist ausgeflogen«, sagte Kies zu Ten, »Wir müssen jetzt sofort das Arretieteam stoppen. Wie treten wir mit Antje oder de Groot in Kontakt? Hast Du ihre Nummer?«

»Hab ich. Und ich hab eine Idee, wie wir es vielleicht unauffällig regeln können.« Ten klingelte bei den Nachbarn. Zögerlich öffnete die junge Frau die Wohnungstüre einen Spalt.

»Ja, was ist?«

»Ja, ähm, wir hätten da ein Problem. Also ihr Nachbar, der ist nicht da. Wir dachten, ihm wäre etwas zugestoßen und deswegen haben wir die Türe geöffnet. Könnten Sie bitte die Hausverwaltung benachrichtigen, der Schaden wird selbstverständlich übernommen.«

»In Ordnung, das machen wir. Sonst noch was?«

»Na, ja,« druckste Ten herum, »ich hätte 'ne private Bitte.«

»Ja?«

»Ich hab mein Handy zu Hause vergessen und müsste meine Freundin benachrichtigen, dass ich später komme. Könnte ich vielleicht eine Nachricht über ihr Mobiltelefon schicken? Ist mit dem Diensttelefon nicht erlaubt.«

»Na klar. Kein Problem.« Sie reichte ihm ein Handy. Ten tippte folgende SMS: »Schatz, sag den Tisch bitte ab, ich bin noch länger unterwegs. Küsschen, Ben.« Ten gab das Handy seiner Besitzerin zurück.

»Vielen Dank, sie haben uns sehr geholfen. Hier, meine Karte. Falls Ihr Nachbar auftaucht, rufen Sie uns bitte an. Es ist sehr wichtig.«, sagte er.

»Mache ich. Auf Wiedersehen.« Die beiden wandten sich zum Gehen, als die junge Frau plötzlich hinter ihnen her rief:

»Herr Kammerbrink? Telefon für Sie!« Ten drehte sich um und nahm das Telefon nochmal entgegen.

»Hallo?«

»Hallo, Herr Inspector«, sagte Antje am anderen Ende, »kommen Sie schnell wieder her, es hat in einem Laden eine Verhaftung gegeben. Es handelt sich dabei vermutlich um Kuipers!« Ten setzte Kies in Kenntnis.

»Und? was machen wir jetzt?«, fragte er ihn.

»Ich denke, wir sollten zurück zum Café Oranje. Da

wartet jemand auf mich.«

38

Kurz zuvor.

»Wo waren Sie? Und wo steckt Kammerbrink? Der soll sofort hier erscheinen. In zwei Minuten in meinem Büro. Hoofdcommissaris Perkis steht noch unter Schock. Ich habe übernommen!«, fauchte sie Hooftcommisaris Pit Vermeer im Flur an. Bevor Antje antworten konnte, war er schon wieder weiter gestürmt. Staatsanwalt De Groot war nicht da. Es war jetzt fast 23 Uhr und jetzt musste Antje eigentlich das SEK rufen. Sie entschied sich, Vermeer Bescheid zu geben.

Also ging sie zum Büro des Chefs. Sie zupfte ihre Uniform zurecht und strich sich über die Haare, bevor sie anklopfte. Sie trat ein, Hoofdcommissaris Vermeer telefonierte und gab ihr nur ein Handzeichen zu warten.

»Ja, umgehend. Ja, Herr Minister. Wir stehen kurz vor dem Durchbruch. Noch heute Abend. Danke, Herr Minister. Vielen Dank.« Vermeer legte auf. Er hatte ein siegessicheres Grinsen aufgelegt.

»Was wollen Sie, van Vollenhoven? Sehen Sie nicht, dass ich keine Zeit habe?«

»Sie wollten, dass Inspector Kammerbrink zu Ihnen kommt, Herr Hoofdcommissaris!«, gab Antje zur Antwort.

»Und? Wo ist er? Warum haben sie ihn nicht geholt?«

»Er ist in Haarlem. Mit Kies van Beek. Beide versuchen, Davy Kuipers ausfindig zu machen, der verdächtig ist, hinter den Morden in Jordaan und den Manipulationen am Polizeicomputer zu stehen. Ich soll jetzt das Arrestatieteam zur Unterstützung hinschicken.«

»Ha! Zu spät. Einen Davy Kuipers haben wir schon verhaftet. Während die beiden Helden sich irgendwo vergnügen, haben sich hier die Dinge entwickelt. Kuipers hat einen Winkeltje überfallen, er wurde von meinen Männern überwältigt. Er war schon mal hier im Haus für eine Softwarefirma tätig. Wir gehen jetzt in seine Wohnung. Gehen sie davon aus, dass Kuipers unser Mann ist. Staatsanwalt de Groot hat mir alles berichtet. Van Beek und Kammerbrink können gleich zu der Wohnung hinkommen, ich brauche jeden Mann. Rufen Sie Kammerbrink und van Beek an, sofort! Er soll mir selbst sagen, wofür er ein SEK anfordert«

Antje zögerte mit der Antwort:

»Äh, leider kann ich die beiden nicht erreichen, Inspector Kammerbrink hat sein Mobiltelefon ausgeschaltet.« In diesem Moment meldete ihr Handy dem Empfang einer SMS.

»Äh, kein Sonderkommando. Aber ich denke, ich kann Ten jetzt erreichen.«

Epilog

Der Verdächtige Davy Kuipers hatte sich ein privates On-Demand Live-Computerspiel geschaffen, indem er sämtliche IT-Systeme infiltriert hatte. Er war verdeckter Administrator bei der Polite geblieben, hatte Systeme zum Abhören des gesamten Polizeiapparates entwickelt, und konnte alle Informationen nach Belieben einsehen, manipulieren oder löschen. Er bediente sich dabei geheimer Militärtechnik genauso wie ziviler Datenerfassungen. In seinem Spiel benutzte er Verbrecher und Zivilpersonen ebenso wie Beamte. Seine Aktivitäten umfassten Drogenhandel, Diamantschmuggel, Waffenhandel genauso wie Menschenhandel und Prostitution. Sein verlängerter Arm war der Killer Henk Bossions, den er im Darknet rekrutiert hatte. Seine finanziellen Möglichkeiten waren unbegrenzt, da er mit Aktien, Immobilien und Devisen handelte und spekulierte. Mit der Kryptowährung Bitcoin experimentierte er zu Geldwäschezwecken. Begonnen hatte er wohl mit einfachem Scheckkartenbetrug, den er für sich perfektionierte. Sein Ehrgeiz war es, zu einem Superverbrecher, wie sie in den amerikanischen Comics als Gegenspieler der Superhelden dargestellt wurden, aufzusteigen. Auch der Kormoran war seine Erfindung. Das Gerücht über den Kormoran hatte er verbreitet, um sich selbst als eine Art Supergangster zu inszenieren. Feldmann und Siemons waren Kuriere, die aber nach diesem einen Mal nicht mehr in Anspruch genommen wurden, da sie zu unprofessionell vorgegangen waren. Sie hatten Glück, der Killer konnte sie nicht mehr exekutieren. In Bezug auf die Prostituierte Lilly hatte Henk, gebürtiger Belgier und ex-Fremdenlegionär mit langem Vorstrafenregister, scheinbar zunächst persönliche Skrupel gehabt. Da beide aber noch nicht vernehmungsfähig waren, konnte ihre Beziehung bisher nicht aufgeklärt werden.

Frank Vermeulen half bei der Geldwäsche und anderen Geschäften, indem er Kontakte vermittelte, die Immobilien dienten hier als Geldanlagen und Zwischenlager. Im Falle von Feldmann und co. für den Tausch von Diamanten gegen Bargeld.

Nur in einem Belang war Kuipers etwas unbeholfen. Er war nicht besonders geschickt in praktischen Dingen. Seine Wohnungen vermüllten in kürzester Zeit, und er zog dann einfach weiter. Insgesamt wurden drei vermüllte Wohnungen gefunden, deren Miete er zwar pünktlich zahlte, die aber innerhalb eines Vierteljahres unbewohnbar waren. Als er an diesem Freitag nach drei Tagen nichts mehr zu Essen hatte, entschloss er sich, in den Gemischtwarenladen um die Ecke zu gehen und sich mit Snacks und Trinken zu versorgen. Dabei hatte er sein Geld vergessen, hatte aber eine Pistole dabei, denn die Angst, entdeckt und verhaftet zu werden war in den letzten Tagen immer größer geworden. Vor allem nach dem Ausfall der Pulsuhr und dem vermeintlichen Tod von Henk hatte sein Verfolgungswahn zugenommen. Im Kiosk eskalierte die Lage dann, als er nicht zahlen konnte und der Ladenbesitzer auf Grund seines verwahrlosten Erscheinungsbildes und der Pistole im Gürtel die Polizei rief. Kuipers verlor die Nerven und schoss um sich. Er konnte aber zum Glück, anders als in seinen Egoshooter-Spielen, nicht mit der Waffe umgehen und von den eintreffenden Beamten überwältigt werden.

Es wurde nichts über der Verbleib der beiden Kuriere Feldmann und Siemons bekannt.

Kies hatte sich nach der Verhaftung Kuipers tagelang den Fragen der internen Ermittlung stellen müssen, die er zum größten Teil nicht beantworten konnte.

Die Ermittlungen gegen Kies wurden schließlich eingestellt.

Ali-Mehmed Cegun, dessen Haus vom SEK gestürmt
worden war, konnte man keinerlei Verbindung zu den
Morden nachweisen. Es gab keinen Schusswechsel, alle
Waffen und deren Träger hatten Lizenzen und konnten eine Tätigkeit für einen privaten Sicherheitsdienst
nachweisen. Alle Personen, die sich im Haus befanden,
wurden zwar im Polizeipräsidium vernommen, mussten aber am nächsten Tag wieder auf freien Fuß gesetzt
werden.

Die Informantin Lila wurde als Mitarbeiterin einer
Putzfirma identifiziert, ihre echte Identität konnte nicht
herausgefunden werden. Bei der Firma war sie als Ma-
ria van Buren geführt, diesen Namen gab es in der
Einwohnerkartei der Niederlande häufig, aber keine der
Personen mit diesem Namen stimmte mit der Identität
der Informantin überein.

Die Polizisten und Beamten der Kriminaltechnischen
Untersuchung hatten zwar in der Wohnung von Kuipers umfangreiche und hochwertigste Computerhard-
ware sichergestellt, aber durch das Selbstzerstörungs-
programm Executor waren alle Beweise vernichtet worden. Der Öffentlichkeit wurde lediglich ein Hackeran-
griff auf den Polizeicomputer mitgeteilt. Die Polite muss-

te offiziell mit einem Notprogramm arbeiten, was aber für solche Fälle vorhanden sei. Die Handlungsfähigkeit und Sicherheit, so der erste Hoofdcommissaris, sei zu keinem Zeitpunkt gefährdet gewesen.

Der Lebenslauf von Kuipers war unauffällig, er zählte in der Schule zu den mittelmäßig begabten Schülern, hatte eine Lehre zum IT-Fachmann absolviert und war dann schnell bei Delphi Orac. aufgestiegen. Kuipers wurde dem Haftrichter überstellt, wenige Tage später gestand er auf Anraten seines Anwalts, die Morde in Auftrag gegeben zu haben. Er machte aber keinerlei Angaben zu seiner Vorgehensweise und seinen Computerprogrammen. Aus Angst vor weiteren Aktivitäten ordnete der Richter ein absolutes Kontakt- und Medienverbot an. Kuipers durfte nicht telefonieren und keinen Computer bedienen. Seine Verteidiger klagten umgehend dagegen. Über sein Motiv sagte er: »Ich wollte nur die Kontrolle!«

Glossar

Alle Personen und Handlungen in dieser Geschichte sind frei erfunden. Namensgleichungen sind rein zufällig und nicht beabsichtigt. Auch alle genannten Firmen sind fiktiv. Orte und Gebäude sind zum Teil real, es gibt aber keine Firmen an den genannten Adressen. Einzig das Gebäude der Amsterdamer Polizei an der Marnixstraat bzw. Elandsgracht und die große Kirche in Naarden befinden sich an den im Buch angegebenen Stellen.

Ich muss bemerken, dass die Strukturen und die gebäudlichen Gegebenheiten der Amsterdamer Polizei, so wie sie hier wiedergegeben wurden, sicherlich nicht in allen Punkten der Realität entsprechen. Hier habe ich mir große künstlerische Freiheiten gegönnt. Auch ein Eingriff in die behördlichen Computer wie im Roman beschrieben, ist in dieser Form sicher nicht möglich. Allerdings gehöre ich zu den Skeptikern, was Internet- und Computersicherheit angeht. Was hier alles möglich ist oder werden könnte, wird auch für Fachleute immer schwieriger zu überblicken, oder wie Yoda es sagen würde:

»Schwer zu sehen die Zukunft ist!«

Hier noch eine kurze Übersicht von verwendeten Begriffen, die der geneigte Leser somit nicht im Internet suchen muss:

Arrestatieteam:

Speziell ausgebildete Verhaftungsteams, vergleichbar mit den deutschen SEK-Einheiten

BOA:

Buitengewoon Opsporingambtenaar, ausserordentliche Ermittlungsbeamte im nicht exekutiven Dienst, tragen normalerweise zwar Uniform, aber meistens keine Waffen.

AIVD:

Algemene Inlichtingen- en Veiligheidsdienst (deutsch: Allgemeiner Nachrichten- und Sicherheitsdienst) ist der niederländische Inlands- und Auslandsgeheimdienst

Kibbeling:

Die niederländisch - friesische (und in meinen Augen viel bessere) Fish and Chips-Varriante. Natürlich mit Pommes frittes und Majo.

Kielschwein:

Innerer Verbandsbalken beim traditionellen Bootsbau,

oder wie hier verwendet, Spottname für einen unbrauchbaren Gast an Bord, der nur Ballast ist.

Poffertjes:

Holländische Gebäckspezialität. Lekker Minipfannkuchen, gebacken in einer speziellen Pfanne mit runden Mulden. Haben einem Durchmesser von ca. 4 cm, sind aber relativ dick. Man bekommt sie portionsweise zu etwa 8-10 Stück. Dazu gibt es alle möglichen Toppings, traditionell werden Poffertjes aber mit Butter und Zucker oder Zuckersirup gegessen. Sehr fett, sehr süß.

Sloep:

Tuckerboot, offene kleine Schaluppe, 4 bis 9 Meter lang.

Winkeltje:

Kleiner Laden, Kiosk.

Danke

Als ich begann, dieses Buch zu verfassen, ahnte ich nicht, wie viel Zeit und Geduld das Schreiben vor allem von den Leuten abverlangt, die einen täglich umgeben. Mein besonderer Dank gilt deshalb meiner lieben Frau und meinen Kindern. Dazu kommen viele Personen, die sich die Zeit nahmen, meine Ideen anzuhören und mir hilfreich mit Rat und Tat zur Seite standen. Ihnen allen ein herzliches Dankeschön.

Vielen Dank an Raissa und Loggi fürs Lektorieren und Fehler suchen, an Meischi, der als Erster das ganze Buch gelesen hat und dankenswerter Weise nicht sagte, ich sollte das mit dem Schreiben lieber bleiben lassen, an die Crew der Sunny Live Oktober 2019, an Dr. Klaus Seel für die Hilfe bei pdflatex, Tine für Poffertjes und Kibbeling. Danke an Amsterdam, diese tolle Stadt, die nette Dame am Empfang im Königspalastes für die vielen Informationen, hier stellvertretend erwähnt für alle, denen wir dort begegneten. Mein besonderer Dank an Stephi von Orthen-Design für die Co-vergestaltung. Danke auch an das Café Oranje und die Kneipe De Ebeling, Overtoom. Mein besonderer Dank an Ajax Amsterdam und Tottenham Hotspur, für ein Fußballdrama, dass man besser nicht erfinden kann... Coverfoto vom Autor selbst, es zeigt den Blick von der Runstraatbrücke auf die Prinsengracht in Richtung Norden. Im Hintergrund sieht man den Turm der Westerkerk, Stadtteil Jordaan.

Weitere Bücher des Autors:

Kies van Beek - Grab im Meer

Kriminalroman

Geplante Erscheinung: Dezember 2020

Andeo, Fischerjunge

Roman

Die Lebensgeschichte eines kroatischen Fischers

Geplante Erscheinung Band 1: August 2020

.

Zum Autor:

Thomas Ebeling, Jahrgang 1969, verheiratet, 2
Kinder, lebt und arbeitet in Nürnberg.
Hier im Bild als Jan Dekker.